京都寺町三条のホームズ⓪

旅のはじまり

望月麻衣

双葉文庫

◇目次◇

はじめに 10

エピソード0 11

第一話　ホームズと白隠禅師
—アニメオリジナルバージョン— 16

◆◆京都ホームズ的！ 春の京都のめぐり方 49

第二話　骨董品店『蔵』と桜の道 65

◆◆京都ホームズ的！ 夏の京都のめぐり方 81

第三話　あの夏の夜の後に…… 98

第四話　葵がはじめて『蔵』にバイトに来た日 113

◆◆京都ホームズ的！ 秋の京都のめぐり方 135

第五話　秋のたわむれ 151

◆◆京都ホームズ的！ 冬の京都のめぐり方 159

第六話　少し早いクリスマスキャロル 175

第七話　葵がはじめて『蔵』にバイトに来た日
—清貴目線— 184

番外編　新選組に想いを馳せる午後
—清貴が大丸京都店へ修業に行っている時の話— 206

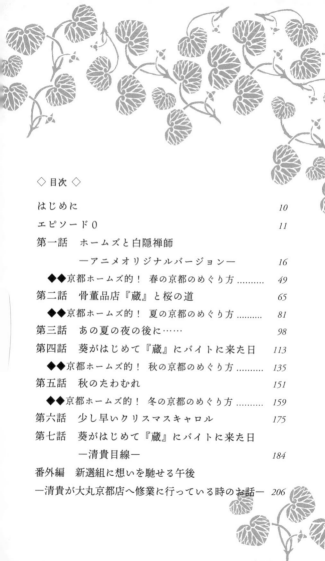

真城《ましろ》 葵《あおい》

17歳。高校二年生。
埼玉県大宮市から京都に引越してきて7ヵ月。
ひょんなことから『蔵』でアルバイトをすることになる。
前の高校の時に付き合っていた恋人のことを引きずっている。

家頭《やがしら》 清貴《きよたか》

22歳。京都大学大学院1回生。通称『ホームズ』。
京都寺町三条にある骨董品店『蔵』の店主の息子。
物腰は柔らかいが、恐ろしく鋭い。
時に意地悪、“いけず”な京男子。

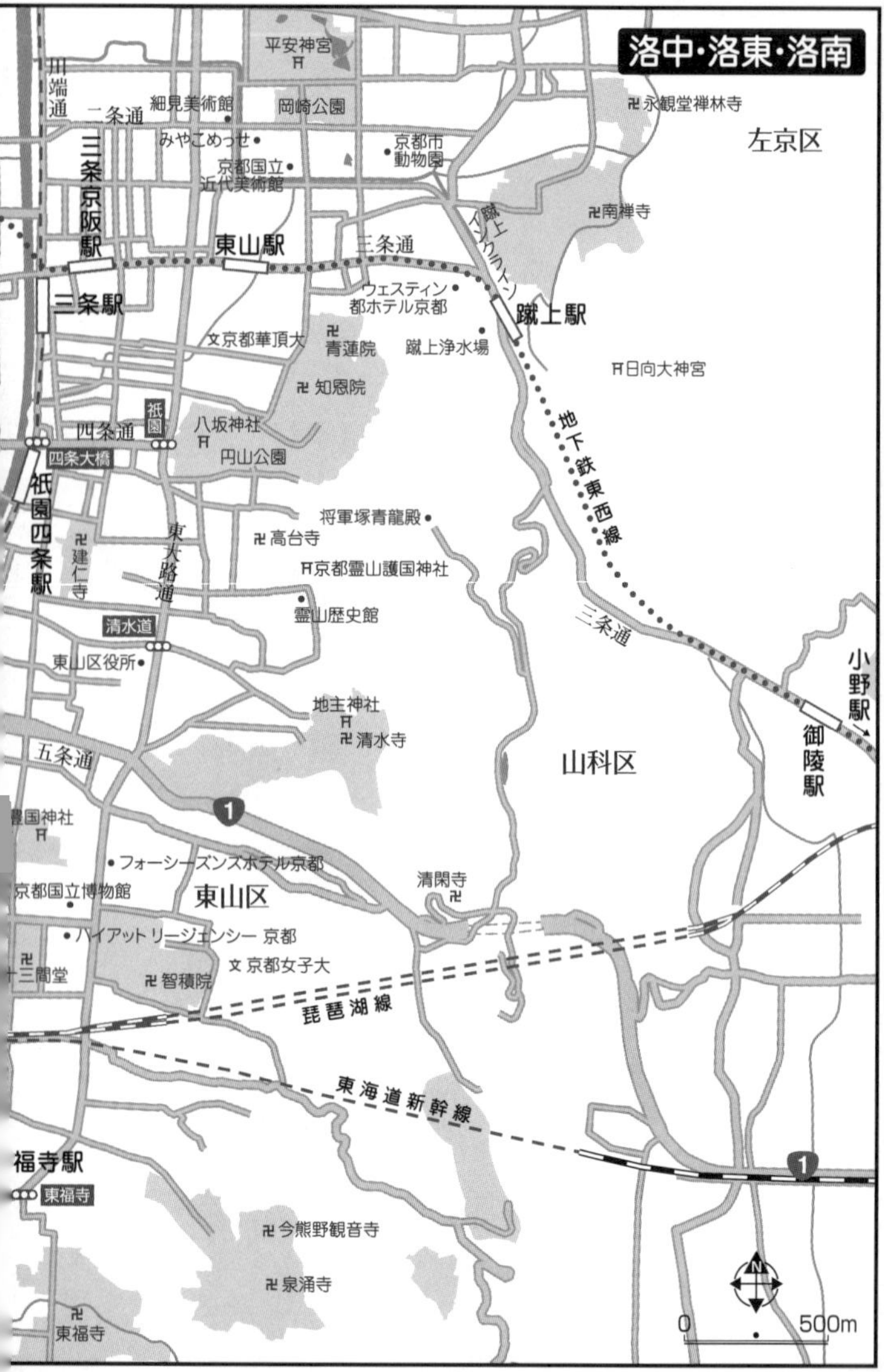

洛中・洛東・洛南
平安神宮
川端通
二条通
細見美術館
岡崎公園
永観堂禅林寺
左京区
みやこめっせ
京都市動物園
京都国立近代美術館
三条京阪駅
南禅寺
蹴上インクライン
東山駅
三条通
三条駅
ウェスティン都ホテル京都
蹴上駅
京都華頂大
青蓮院
蹴上浄水場
日向大神宮
知恩院
祇園
八坂神社
四条通
四条大橋
円山公園
地下鉄東西線
祇園四条駅
将軍塚青龍殿
高台寺
建仁寺
東大路通
京都霊山護国神社
霊山歴史館
清水道
三条通
東山区役所
小野駅
地主神社
清水寺
御陵駅
五条通
山科区
1
豊国神社
フォーシーズンズホテル京都
清閑寺
京都国立博物館
東山区
ハイアット リージェンシー 京都
三十三間堂
京都女子大
智積院
琵琶湖線
東海道新幹線
福寺駅
東福寺
1
今熊野観音寺
泉涌寺
東福寺
0
500m
N

丸太町駅
千本通
二条自動車教習所
二条城
烏丸通
367
二条駅
二条城前駅
京都市役所
御池通
BiVi二条
中京区役所
烏丸御池駅
京都市役所前駅
三条通
中京区
堀川通
三条通
六角堂
嵯峨野線
大宮駅
四条通
阪急京都線
烏丸駅
京都河原町
西院駅
嵐電嵐山本線
四条大宮駅
四条駅
タカシ
壬生寺
地下鉄烏丸線
七本松通
松原通
五条通
9
1
清水五条
丹波口駅
五条駅
延寿寺
京都市中央卸売市場
下京区
1
渉成園(枳殻邸)
西本願寺
東本願寺
七条駅
京都水族館
龍谷大
梅小路京都西駅
七条通
七条大橋
京都タワー
24
下京区役所
京都鉄道博物館
梅小路公園
京都駅
京都線
東海道新幹線
大宮通
イオンモールKYOTO
河原町通
東寺
南区
烏丸通
東寺駅
近鉄京都線
九条駅
171
九条通
1
↓十条駅

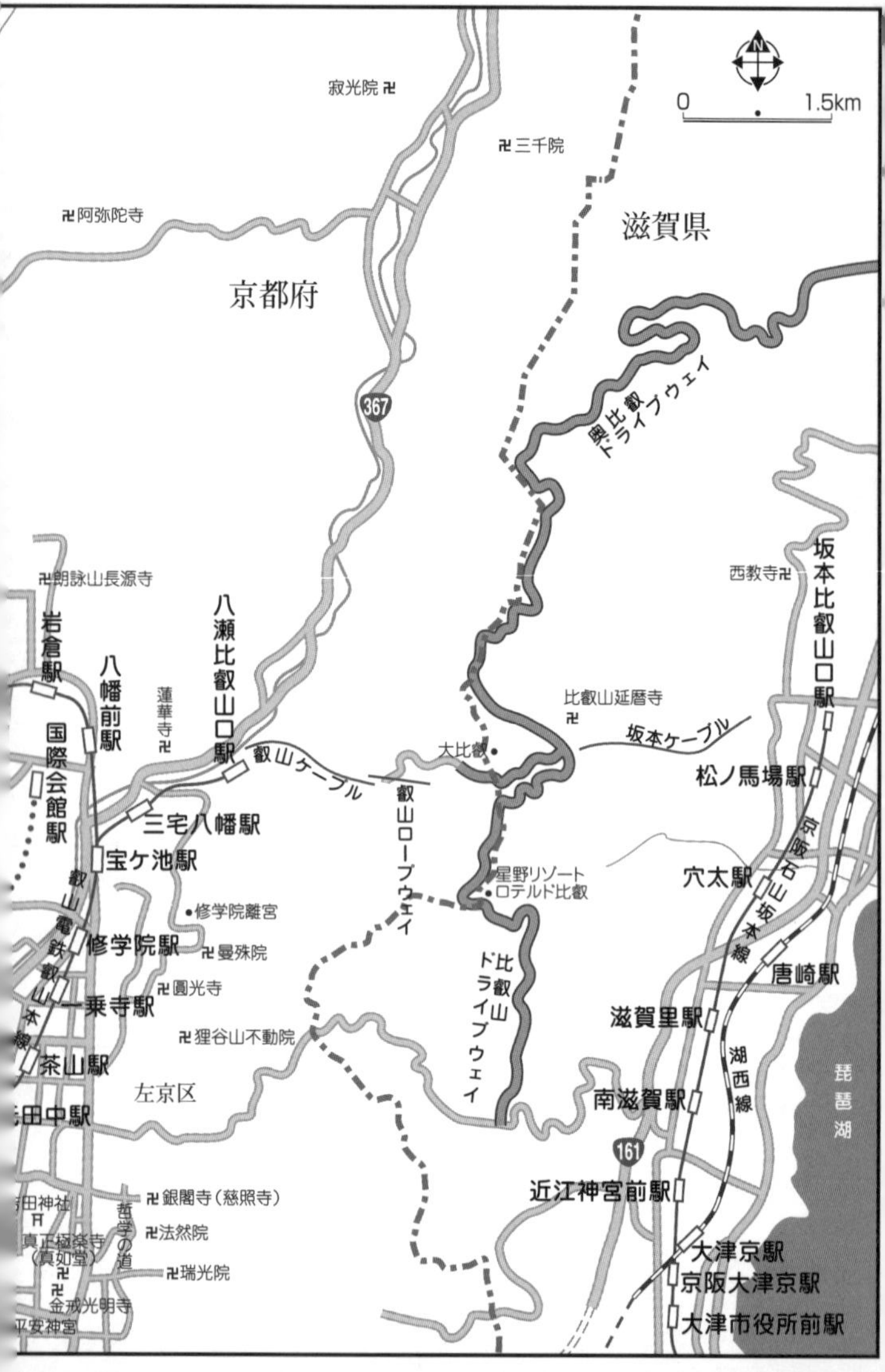

0
1.5km
N
寂光院
三千院
阿弥陀寺
滋賀県
京都府
367
奥比叡ドライブウェイ
西教寺
坂本比叡山口駅
朗詠山長源寺
岩倉駅
八幡前駅
八瀬比叡山口駅
蓮華寺
国際会館駅
比叡山延暦寺
坂本ケーブル
大比叡
叡山ケーブル
松ノ馬場駅
叡山ロープウェイ
三宅八幡駅
宝ケ池駅
星野リゾート
ロテルド比叡
穴太駅
京阪石山坂本線
修学院離宮
叡山電鉄叡山本線
修学院駅
曼殊院
唐崎駅
比叡山ドライブウェイ
圓光寺
一乗寺駅
滋賀里駅
狸谷山不動院
湖西線
茶山駅
琵琶湖
左京区
南滋賀駅
田中駅
161
近江神宮前駅
銀閣寺（慈照寺）
哲学の道
法然院
真正極楽寺（真如堂）
大津京駅
瑞光院
京阪大津京駅
金戒光明寺
平安神宮
大津市役所前駅

洛北
貴船神社
鞍馬寺
鞍馬駅
貴船口駅
叡山電鉄鞍馬線
二ノ瀬駅
市原駅
162
宗蓮寺
北区
京都精華大
二軒茶屋駅
京都精華大前駅
正伝寺
上賀茂神社
常照寺
右京区
源光庵
北山駅
光悦寺
京都府立植物園
今宮神社
北大路駅
367
大徳寺
金閣寺
地下鉄烏丸線
下鴨神社
鞍馬口駅
162
龍安寺
白梅町
北野
北野天満宮
今出川駅
出町柳駅
嵐電北野線
嵯峨嵐山駅
妙心寺
上京区
京都御苑
京阪鴨東線
太秦駅
丸太町駅
嵯峨野線
花園駅
円町駅
帷子ノ辻駅
二条城

立命館大
等持院
162
仁和寺
福王子
龍安寺駅
等持院・立命館大学衣笠キャンパス前駅
妙心寺駅
嵐電北野線
宇多野駅
御室仁和寺駅
一条通
鳴滝駅
妙心寺
嵐電北野線
妙心寺道
常盤駅
花園駅
法金剛院
太秦駅
東映太秦映画村
花園大
嵐電嵐山本線
撮影所前駅
広隆寺
帷子ノ辻駅
右京警察署
太秦天神川駅
葛野大路通
太秦広隆寺駅
蚕ノ社駅
地下鉄東西線
御池通
京都先端科学大
嵐電天神川駅
右京区役所
嵐電嵐山本線
三条通
山ノ内駅
三菱自動車
梅宮大社
四条通
162
京都外大
右京区
桂川運動公園
上野橋
阪急京都線
イオンモール京都五条
五条通
9
上桂公園
ハンナリーズアリーナ
西大橋
西京極総合運動公園
9
西京極駅

洛西
大覚寺
右京区
広沢池
化野念仏寺
嵐山高雄
パークウェイ
清凉寺
祇王寺
丸太町通
二尊院
常寂光寺
トロッコ嵐山駅
嵯峨嵐山駅
嵯峨野線
トロッコ嵯峨駅
法然寺
車折神社駅
鹿王院駅
鹿王院
車折神社
天龍寺
嵐山駅
嵐電嵯峨駅
三条通
亀山公園
渡月橋
中ノ島公園
嵯峨美術大
桂川
嵐山
嵐山駅
法輪寺
嵐山東公園
嵐山モンキーパークいわたやま
阪急嵐山線
松尾大社駅
松尾橋
西京区
松尾大社
月読神社
鈴虫寺
西芳寺
0
500m
N

はじめに

いつもありがとうございます、望月麻衣です。

このたびはガイドブック&短編集『京都寺町三条のホームズ0巻~旅のはじまり~』をお手に取ってくださいまして、本当にありがとうございます。

ガイドブックは過去にも作ったことがあったのですが(六・五巻のことです)、今巻はもっと分かりやすいものにしたいと思いました。

充実の京都ガイドのほかに短編を書き下ろしているのはもちろん、これまでいろんなところに書いたままになっていた短編や掌編も収録させていただいています。

キャラクターたちが短編の紹介もしていたりと遊び心たっぷりです。

また、この作品はシリーズを三巻くらいまでしか読んでいない人でも、分かる内容にしています。すべて読んでくださっている方は懐かしく、まだ初めの方しか読んでいない方は新鮮な気持ちで楽しんでいただけると嬉しいです。

京都の見どころをギュッと詰め込んだ本作。旅のおともにしていただけたら幸いに存じます。

望月　麻衣

エピソード0

「清兄、本当に大丈夫？」

フランスへ旅立つ直前、僕――滝山利休《たきやまりきゅう》は『蔵』に立ち寄った。

ここは、幼馴染であり、兄のように慕っている清兄（家頭清貴《やがしらきよたか》）の家の店で、僕も長い間ここでバイトをしていたのだ。

清兄はいつものようにカウンターの中にいて、笑みを浮かべている。

「利休、わざわざ出発前に来てくれたんですね」

「だって、なんだか心配でさ……。僕がいなくなったら、この店、清兄と店長だけになっちゃうよね？　清兄は大学があるし、店長はすぐ外に出たがるしさ」

「そんなに心配しなくても大丈夫ですよ。いざとなれば、オーナーにも店番をさせようと思います」

そう言う清兄に、僕は、う～ん、と唸る。

「オーナーが店番なんてするかなぁ」

どうでしょう？　と清兄は肩をすくめる。

「それより心配なのは、僕がいなくなったあと、変なバイトとか雇われたら嫌だなぁって」

「変なバイトとは？」

「古美術の大皿を使ってて、ＤＪを気取るチャラい男子学生とか」

「……そんな人を雇ったりしませんから、心配しないでください」

「色気むんむんな女子大生とかも嫌だよ」

そう言うと清兄は、ぷっ、と噴き出す。

「笑ってないで、こっちもちゃんと否定してよ。色気むんむんな女子大生が好きなの？」

「いえ、そう言うことではなく、あなたの言うチャラい男子学生でしたら骨董品を傷付けそうで怖いのですが、色気があるだけなら、さほど心配はないのではと？」

「絶対、清兄に迫ってくるよ。その時に茶碗や壺も割れるかもしれないよ」

「それは困りますね。では、チャラい男子学生と、色気たっぷりで迫りくる方は雇わないように気をつけます」

「……本当は誰も雇ってもらいたくないいんだけどね」

しゅんとして俯くと、清兄は、やれやれ、という様子でカウンターから出てくる。

「そんなことより、あなたはこれからフランスへ留学に行くのですから、店のことなど気にせず、自らの学びに懸命になってくださいね」

そう言って清兄は、僕の双肩に手を置いた。

「うん、がんばって学んでくるよ」

「利休が帰って来た時、パワーアップしているのを楽しみにしていますね」

「そうだね。清兄を投げ飛ばせるくらいパワーアップして帰ってくるよ」

そう言って僕は、拳を握る。清兄は、ふふっと笑って、僕の頭を撫でた。

「まぁ、たった一年です。きっとバイトは雇わず、僕たちだけでなんとかやっていると思いますよ」

「僕もそんな予感がしてる。この店はちょっと特別だから、縁のある人しか来ない気がするしね」

僕はそう言って店内を見回した。

ここは幼い頃から変わらない、まるで時が止まったような店だ。

たった一年だ。きっと戻って来た時は、何一つ変わっていないのだろう。

——そう思っていたのに、僕がいなくなって、すぐに変な女子高生がこの店に転がり込んできて、バイトになってしまうのだけど……、それはこれからの話だ。

清貴　いきなり、僕の弟分・利休のエピソードからスタートした、この0巻。どうぞよろしくお願いいたします。家頭清貴です。

葵　真城葵です。よろしくお願いいたします。私がバイトを始める少し前のお話なんですね？

清貴　そうです。あなたが来てくれるまでは、利休が店の手伝いをしてくれていたんですよ。あなたが店を訪れたのは、利休が留学してしまって、ちょっと大変になるなと思っていた頃の話なんです。

葵　そうだったんですね。利休くんが留学してなかったら、私は雇われていなかったということですよね。

清貴　その可能性はありますが、すべては縁なので、もしかしたらそれでもバイトをお願いしていたかもしれません。

葵　そうだったら嬉しいです。

清貴　では、これから始まる第一話の話に移りたいと思います。実はこの「京都寺町三条のホームズ」、アニメになっているのですが……。

葵　そうなんです。ホームズさん役を石川界人《いしかわかいと》さんが、私の役を富田美憂《とみたみゆ》さんが演じてくだ

清貴　さって、本当に感激でした。
　　　そのアニメ版では、小説版の序章とは少し違っているんですよ。
葵　そうでしたね。私も見て驚きました。あれは、著者さんの要望だったとか？
清貴　ええ。「小説の一巻と二巻の序章を合わせた話にしたい」と申し出たそうですよ。そうすることで、僕たちの人となりがより伝わると考えたようです。
葵　つまり、アニメの第一話の原作は著者さんが書き下ろした完全オリジナル作品。だけど書籍には収録されていなかったんですよね？
清貴　それが葵さん、このたび、この0巻に掲載されることになったんです。
葵　ええっ、本当ですか⁉　……もう、ホームズさん、「大袈裟に驚いて」ってカンペを出されてもわざとらしくしかできないですよ。（顔を手で覆う）
清貴　ふふふ、失礼しました。というわけで、小説とは少し違う、「はじまりのお話」です。
葵　まさに「旅のはじまり」ですね。懐かしく振り返っていただけると嬉しいです。よろしくお願いいたします。

第一話　ホームズと白隠禅師　―アニメオリジナルバージョン―

――春。京都の桜が、満開になる頃。

賑わうお花見客の姿とは正反対に、私の心は深く沈んでいました。

骨董品店『蔵』で、ある人に出会うまでは――。


寺町通と三条通が交わる付近のアーケードを歩いていると、軒を連ねる商店の中に小さな骨董品店がある。看板には『蔵』の一文字。とてもシンプルな店名だ。

店の雰囲気は骨董品店というより、レトロなカフェのようだった。明治・大正時代を思わせる和洋折衷な造りで、店先には『お宅で眠っている骨董品等ございませんか？　鑑定・買取いたします』という看板が置かれている。

高校生の私――真城葵《ましろあおい》には、とても入りにくそうな店構えだ。

何度も店の前を行ったり来たりと、逡巡してしまう。

いや、今日こそはっ！

私は手にしている紙袋をギュッと握り、意を決して入口の扉に手をかける。

扉が開くなり、『カラン』とドアベルが鳴った。

店内に足を踏み入れると、わぁ、と私の口から感嘆の息が洩れた。

ズラリと立ち並んだ棚には、東洋の壺や茶碗が綺麗に並んでいる。カップ&ソーサーにキャンドルスタンド、アンティーク・ドールといった西洋のものもあった。

雰囲気に圧倒されつつ、恐る恐る店内を歩き進めていると、

「いらっしゃいませ」

急に声を掛けられて、私の肩がびくんと震えた。

声のする方向に目を向けると、カウンターにいた男性が私に向かって微笑んでいる。

年は若く、一見は学生のようだ。白い肌に通った鼻すじ、漆黒の艶やかな髪が印象的な美青年であり、私は彼を前に惚けたように立ち尽くした。

それが、彼との出会いだった。


「――葵さん」

骨董品店『蔵』の店内を掃除しつつ、この店を初めて訪れた日のことをぼんやりと思い

出していた私は我に返った。彼は、あの日と同じようにカウンターの中で微笑んでいる。

「どうされましたか、葵さん？」

「あ、いいえ。ちょっと、初めてお店に来た時のことを思い出しまして……」

私が少し恥ずかしさを感じてはにかむと、彼は、ふふっと笑った。

「あれから、もう二週間ほどですか。早いものですね」

ええ、とうなずいて、私はホームズさんを見る。

「あの、お掃除は終わりました。何か、他に仕事はありませんか？」

彼は、「そうですね」と手許の帳簿をぱたんと閉じる。

「特にありませんし……、では、『お勉強タイム』に入りましょうか」

人差し指を立てて、目を柔らかく細める彼を前に、私は笑顔で頷いた。

「はい、ホームズさん」

彼はいつものように、白い手袋をつける。それは、滑り止め付きの鑑定用手袋だ。

「いつもその手袋をはめてるんですね」

「陶器のような物の場合は本来、感触を確かめるため手袋はしないものなのですが、これが、僕のスタイルですから」

ホームズさんは私の前で小箱を開けて、中から茶碗を取り出した。

「これは？」

「古唐津《こからつ》の茶碗です。まずは、よく観てください」

私は、茶碗を覗き込む。その茶碗は素朴ながらも品のある佇まいだ。だけど描かれている花はハッキリ言って、何なのか分からない。

「……あまり、絵が優れているわけではないんですね」

「それもまた、古唐津の味わいなんですよ。古唐津は『焼き物好きが、最後にいきつく品』とも言われています」

そう言うと彼は古唐津の茶碗を手に取り、高台《こうだい》——底の部分を見せた。

「土が硬く、高台の土見せがシワになりつつ、形作られているのが特徴です。これを『ちりめん皺』と呼びます」

「ちりめん皺……」

すぐに手帳を出してメモを取ると、彼はふふっと笑う。

「葵さんはいつも、とても熱心ですね」

「い、いえ……そんなこと」

私は気恥ずかしさに、そっと肩をすくめた。

この人の名前は、家頭清貴——通称ホームズさん。

私が『蔵』で働き始めて二週間。こうして時々、古美術勉強会を開いてくれている。

このお店は古美術の国選鑑定人として名高い家頭誠司さんがオーナーで、孫で後継者のホームズさんは、修業中の身。

オーナーは世界を飛び回っているそうで、まだ会ったことがない。

私は、そっと振り返ってソファーに視線を移した。中年男性が、原稿用紙にペンを走らせている。彼の名は、家頭武史《たけし》さん、ホームズさんのお父さんだ。本業はなんと作家で、主に時代小説を書いている。ホームズさんのお父さんが『店長』と呼ばれているけれど、実際にお店の切り盛りをしているのは、主にホームズさんだ。

「そういえば、鑑定士の修業ってどんなことをするんですか？」

ふと訊ねると、ホームズさんは茶碗を仕舞いつつ、そうですね、と答える。

「とにかく場数を踏むことでしょうか。とことん本物に触れていくしかないんですよ。本物を観て感じて、心の眼を鍛えていくしかないと、祖父がいつも言ってます」

「本物を観て、感じて、感じて……なるほど」

私がメモを取っていると、店長がおもむろに立ち上がり、私の許に歩み寄った。

「葵さん、お店にはもう慣れましたか？」

「店長さん。あ、はい、おかげさまで！」

「それは良かったです」

店長はにこやかに微笑むと、ホームズさんに顔を向ける。

「編集さんと、打ち合わせをして来ます。あとは頼みましたよ」

いってらっしゃい、とホームズさんは会釈をする。

カランとドアベルが響く中、店長は店を後にした。

店長は、先日も編集者と打ち合わせをしているようだった。

「さすが、売れっ子作家さんですね」

「お陰で、僕はいつも店番ですがね……」

ホームズさんが肩をすくめたその時、カラン、と少し乱暴にドアが開く音がした。

「あ、いらっしゃいませ！」

あまり客が入って来ない店なので、『いらっしゃいませ』と言う時は少し緊張してしまう。

そんなぎこちない私とは違い、ホームズさんは慣れた様子だ。

「鑑定をお願いしたいんやけど、ええですか？」

店内に入ってきたのは、小太りの中年男性だった。高級そうなスーツを纏い、腕には金色の腕時計をしている。その男性客は風呂敷を手に、カウンターに歩み寄った。

「ええ、どうぞおかけ下さい」

「おおきに」

彼は、自分は高田《たかだ》といいます、と挨拶をして、椅子に腰を下ろす。

「これを識てもらいたいんやけど」

高田さんは、風呂敷をほどき、箱を取り出して、ホームズさんの前へと滑らせた。

「それでは、あらためさせていただきますね」

白い手袋をはめたままの手で、ホームズさんは箱を開ける。

「これはこれは……」

ホームズさんは、興味深そうに口許を綻ばせている。

高田さんが持ち込んだのは黄土色の肌に、深緑色の花の模様が描かれた茶碗だった。

「うちの先祖は、代々大阪で商売をやってましして……。それ、黄瀬戸《きぜと》の茶碗ちゃいますか?」

「黄瀬戸、ですか……」

「ええもんやって話やけど、どうにもわいは、茶碗には興味がのうて」

私は一歩離れたところで掃除をしながら、どうにも気になって、つい横目で見てしまう。

すると、ホームズさんがちらりと私の方を見た。

その視線が、『あなたはどう思いますか?』という問いかけであることが分かり、私は無言で頷いて、茶碗を凝視する。

「………」

黄瀬戸の茶碗なら、前の勉強会で見たことがある。だから、ホームズさんは私に意見を求めたのだ。前回の復習ともいえるのかもしれない。

一見したところは、黄瀬戸の雰囲気はある。だけどこれは、どう見ても……。

私は、無言のまま首を振った。

するとホームズさんは、正解ですよ、とばかりに小さく頷いて、高田さんを見やる。

「残念ですが、これはニセモノですね」

「な、なんやて……⁉」

「本物の黄瀬戸は、俗に『油気肌《あぶらぎはだ》』といって、土の表面に油を流したような艶のある肌感と、なおかつ清潔感があるんです。ですが、こちらにはその質感がまるでありません」

と、ホームズさんは茶碗を手に取る。

「本物は見た目よりも持った感じが軽やかでしてね。こんなにずっしりしてないんですよ。さらに、胆礬《たんばん》と呼ばれる緑の発色が鮮やかなんですが、これは随分と黒ずんでいます」

そう言って茶碗をカウンターの上に戻すと、ホームズさんは冷ややかな目を見せた。

「間違いなく、故意に黄瀬戸を真似た贋作ですね」

贋作。やっぱりそうなんだ、と私は息を呑む。

高田さんは、ホームズさんの鑑定に呆然としている。

けれど、すぐに歪んだような笑顔を浮かべた。

「あ、あんたみたいな若造に、何が分かるん？」

「分かりますよ。おそらく、あなたはこの茶碗が贋作だと知ったうえで、持ち込まれましたね？」

「なっ！」

「あなたは大阪にお住まいの方でしょう。それなのにわざわざ京都の骨董品店に、この茶碗を持ち込んだのはなぜですか？」

「た、たまたまや。たまたま、京都まで来たから、ここに寄ったんや」

「たまたま京都に来て、たまたま黄瀬戸の茶碗を持ってたなんて不自然すぎますよね」

ホームズさんは、再び茶碗に目を落とした。

「それに――。この茶碗を作られた後、『汚し屋』に仕事を依頼されたようですね」

「汚し屋……？」

初めて聞く言葉に、私の口から戸惑いの声が洩れた。

「新しい茶碗に古さや年季を感じさせる汚しを付ける。そんな職人がいるんですよ。一か月ほどで三百年ぐらいのわびさびをつけてくれます」

ホームズさんは、ふっ、と笑う。

「そんなプロまで関わってるということは、贋作売買も慣れたものでしょうが……」

高田さんは、気圧されたのか、ほんの少し上体をそらす。

「そのスーツ、残念ながらサイズがあってませんし、靴はくたびれています」

ホームズさんは、高田さんの服装を指差す。

「父が出払う隙を窺い、あなたはこの店を狙ってきた。京都寺町三条に、若輩者で未熟な鑑定士がいると知って、騙そうと思ったのでしょう。違いますか？」

笑顔のまま問いかけるホームズさんに、高田さんはたじろいで目を泳がせた。

「いや、その……なんや」

「残念やったな。僕は若輩やけど、こんな稚拙なもんに騙されるほど未熟者ちゃうわ」

ホームズさんは、強くも冷たい目で高田さんを睨みつけた。高田さんは絶句して、顔を蒼白とさせている。私もホームズさんの迫力に気圧されて、半歩後退りした。

次の瞬間、高田さんは慌てて茶碗と風呂敷を手に取ると、

「こ、今回は……このくらいで、勘弁しといたるわ！」

よく分からない捨て台詞を吐いて店を飛び出して行った。

「……勘弁してやるのは、こっちの方や」

ホームズさんは、吐き捨てるように言ったかと思うと、勢いよく私の方を向いた。

「ああもう、腹立つでほんま。葵さん、塩でも撒いといてください」

「あ、はい、塩ですか?」

「ええ、塩です」

「えっと、ゆで卵用の味付き塩しかないですけど……。もったいなくないですか?」

私は給湯室の味付き塩を手に、そっと首を傾げる。

ホームズさんはそんな私を前に動きを止めたかと思うと、プッと小さく笑った。

「そうですね。もったいないですね」

「ですよね」

「ゆで卵でも作って、食べましょうか」

「はい」

そうして、私たちはいそいそとゆで卵を食べる準備を始めた。

カウンターの上には、ゆで卵が二個とコーヒーとカフェオレのカップが二つ並んでいる。

ホームズさんはゆで卵の殻を剥きつつ、少し愉しげに目を細めた。

「葵さんといると、なんだか力が抜けていいですね」

「えっ、どうしてですか?」

「悪質な贋作に触れてしまった後は、いつも一日、イライラしてしまうんですよ。ですが、味付き塩を手にしてる葵さんを見たら、なんだかガスが抜けました」

ガスが抜けるって、と私は小さく笑う。

「でも、驚きました。贋作を持ち込む人なんて本当にいるんですね……」

「贋作とは、人を騙して金をむしり取ろうとする悪意の塊です。その悪意が、僕にはどうにも許せません。芸術を愛する者に対する冒涜です」

ホームズさんは険しい表情で、コーヒーを口に運んだ。

「……ホームズさんって、真っ直ぐな方なんですね」

「真っ直ぐ……僕がですか？」

意外そうな声を出す彼に向かって、ええ、と私は強く頷いた。

「いえ、贋作を憎んでるだけで、根性はねじ曲がってますし、基本は腹黒ですよ」

「腹黒……？」

確かにさっきは、黒ホームズさんって感じだった。でも、そんなことはない。

私は、初めてこのお店に来た時のことを思い出し、そっと目を伏せた。

――そう、二週間前のあの日。私が、はじめて『蔵』を訪れた時。

カウンターの彼に、『いらっしゃいませ』と声を掛けられたにもかかわらず、私は彼から目をそらし、逃げるように骨董品の並ぶ棚の方に行ってしまった。

店内のソファーには、コーヒーを飲む初老の女性の姿がある。

彼は、無言で私から視線を離すと、手元の帳簿に目を落とした。

どうしよう。すごく、話しかけにくい……。こんなことなら、『いらっしゃいませ』と言ってもらえた時に、そのままカウンターに向かえば良かった。

その時、カランとドアベルが鳴り、スーツ姿の中年男性が風呂敷を手に店に入ってきた。

「いらっしゃいませ」

と、彼は、にこやかに迎えている。

「ホームズ、これ識てくれへん?」

その中年男性は間髪を容れずに言って、カウンターに風呂敷を置いた。

「上田《うえだ》さん、いい加減『ホームズ』と呼ぶの、やめてもらえませんかね?」

ホームズさん……? あの人、ホームズって呼ばれてるの?

私は、ちらりとホームズと呼ばれている彼を横目で見る。上田さんという男性は、初老の女性に向かって「おー、美恵子《みえこ》さん」と声を掛けていた。どうやら、皆、常連のようだ。

一方『ホームズさん』は白い手袋をはめて風呂敷をほどき、桐箱から掛け軸を手に取っている。

「これはこれは……」

掛け軸に描かれていたのは富士山の絵だった。その美しさに、私は小声ですごいと囁く。

「横山大観《よこやまたいかん》の『富士と桜図』。なかなかいい品ですね」

「やろ。状態もええし、かなりのモンちゃう？」

ソファーに座っていた初老の女性――美恵子さんも興味津々で身を乗り出した。

「まあまあ、横山大観やて。高価なもんちゃうの？」

「そら、美恵子さん。大観のほんまもんやったら、五百はくだらんで！　もしかしたら、一千いくんちゃう？」

「一千万か！　上田さん、凄いやん！」

盛り上がる二人に、ホームズさんは少し残念そうに言う。

「そうですね。とても美しいですし、状態もいいのですが。残念ながらこれは、工芸画ですね」

「……ホンマか？　本物やないんか？」

「ええ、間違いないです」

どうやら、あの掛け軸はニセモノだったようだ。私もガッカリしてしまう。

「なぁんやそっか……。これはもしかしてと思ったんやけどなぁ」

上田さんという男性は頭を掻きながら、ガックリと肩を落とした。

あれ、あっさり納得しちゃうんだ。あんなに若い店長さんの言うことなのに……。

私は意外に思いつつ、あまり様子を窺っているのもばつが悪いので、いそいそと店の奥へと向かった。

ティーカップセットや雑貨品など、様々な品が並んでいる。少し不気味なアンティーク・ドールが一体あり、私は慌てて顔を背ける。

その時、目に飛び込んできたものに、私はハッとした。そこにはガラスケースに入った湯飲み茶碗があった。

これって……と洩らして、ジッと見詰めていると、

「……お気に召しましたか？」

背後で声がして、私は弾かれたように振り返る。

そこには、ホームズと呼ばれている、若き店長が笑みを湛えていた。

「あ、いや、なんだか分からないんですが、なんとなく、いいなって……」

緊張から声が上ずってしまう。迫力を感じるのは、彼が美青年だからだろうか？

「そうですか。どうぞ、ごゆっくりご覧になってくださいね」

そのまま背を向ける彼に、私は思わず声を上げた。

「あ、あの！」

はい、と彼は振り返る。

「えっと、あの……。どうして、ホームズさんって呼ばれてるんですか？」

緊張が募って、突拍子もないことを訊ねてしまった。勢いに乗せて口を開く。

「シャーロック・ホームズみたいに、色んなことが分かるからですか？」

そうですね……、とホームズさんは私を見詰めた。

「君は大木《おおき》高校の生徒で元々は関東の人間。京都に移り住んで半年くらいでしょうか。この店に来たのは鑑定してほしいものがあるから。だけど､その品物は自分のものではない」

一気に言い切った彼に、私はぎょっと目を剥いた。

「え……、す、すごい……!?」

「君の制服は大木高校の物ですし、言葉のイントネーションが関東のものですから」

それはそうだ。これは大木高校の制服。

「で、でも、移り住んで半年くらいって!?」

「それは勘です。引っ越してきたばかりという感じもしないし、かといってしっかり馴染んだ感じもしない。となると、去年の夏休みに引っ越してきたのかなと」

「そ、それじゃあ……。鑑定してほしいものが自分のものじゃないっていうのは？」

「ここで鑑定するようなものを高校生が持ってるとは思えないですしね。何より自分のものではないから、鑑定してもらうのに躊躇《ためら》いを感じている——。違いますか？」

「そ、それは……」

「だけど、あなたはお金を必要としている。だから許可を取らずに、それを勝手に持ち出した、と言ったところでしょうか」

紙袋を持つ手が一瞬震えた。驚きに何も言えずにいると、上田さんがやってきて、窘《たしな》めるようにホームズさんを見る。

「清貴、怖がっとるやんけ。それ、やめろって言うてるやろ。だからやっぱりおまえは、ホームズなんやて」

「あ、すみません」

やっぱり、何でも分かるから、シャーロック・ホームズなんだ……。

「ああ、違います。ホームズというのは、ただのあだ名ですよ」

こ、心を読まれた？

「僕の苗字は家頭——。家頭清貴と言います。家に頭と書くので、ホームズと呼ばれているんです」

「あ、ああ……なるほど……。それで、ホームズさん……」

するると、美恵子さんが前のめりで声を上げた。

「清貴ちゃんは凄いんやで。この春から京大の院生になるんやから」

「京大……！」

「祖父と遊んでばかりいましてね。現役では入れずに京都府大からの編入学ですけどね」

お祖父さんと遊んでばかりって？　首を傾げる私をよそに、ホームズさんは話を進める。

「あの京大も、大学院からは割と入りやすいんですよ。これで、最終学歴は立派な京大院卒になります」

な、なんかちょっと、コスい……。

「あ、今もしかして、コスいって思いました？」

「い、いえっ……！」

こわっ！　やっぱりこの人、ホームズさんだ……。

「それで……あなたの名前は？」

「あ……。真城葵です」

「葵さん、素敵な名前ですね」

にこやかに名前を褒められて、私の鼓動がどきんと跳ねる。

「お住まいは、左京区ですか？」

「元は埼玉でしたが、今はそうです」

「下鴨《しもがも》神社が割と近いところ？」

「え、ええ。どうして分かるんですか？」

「どうしてってなぁ」

「ええ。それはね」

「葵と言えばなあ」

皆がそう言って、うんうん、と頷いている。私は、意味が分からず、小首を傾げた。

ホームズさんは、ひとつ咳払いをして向き直る。

「葵さん。うちは未成年からは品物を買い取らないんですよ」

「そ、そうだったんですか……」

「ですが、鑑定だけならいたしますので、もしよかったら見せていただけますか？　あなたが持ってきたものなら、いいものかもしれません」

それはどういうことだろう。戸惑う私に、ホームズさんは柔らかく目を細める。

「コーヒーを淹れますよ。飲めますか？」

「あ、お砂糖とミルクがあれば」

「それでは、カフェオレを淹れましょう」

ホームズさんはそう言って給湯室に入った。

それから約五分。ボーンボーン、と柱時計が二時の時を告げた。

カウンターでは、ホームズさんが淹れてくれたカフェオレから湯気が立ちのぼっていた。

私はそれを一口飲み、「……おいしい」とつぶやく。

ついさっきまでソファーにいた上田さんと美恵子さんは、仕事があると帰ってしまい、店にはホームズさんと二人だけだ。

そういえば、ホームズさんは標準語。元々どこの人なんだろう？

「ああ、僕はずっと京都ですよ。敬語なので分かりにくいと思いますが」

またも心の声に答えるホームズさんに、ブッとカフェオレを吹きそうになった。

また読まれた。ぎょっとする私に、失礼しました、と彼は手をかざす。

「あの……。いつもそうなんですか……」

「いえ、いつもは思ったことを口に出さないよう、もっと気を付けてます。今日はどうしてでしょうかね」

ホームズさんは紙袋から二つの掛け軸を取り出し、丁寧に一つ目の掛け軸を開く。

「……これは」

そこに描かれていたのは、ギョロリとした眼の、力強い達磨の絵だ。

「白隠慧鶴《はくいんえかく》の禅画。驚きましたね、本物です」

「ハクイン、エカク……?」

「臨済宗《りんざいしゅう》中興の祖とされる、江戸中期の禅僧です。この達磨図は状態もいいし、素晴らしいですね……。もし買い取れば……二百五十万と言ったところでしょうか」

「に、にひゃく⁉」

「もう一つの方も拝見しますね」

ホームズさんは、もう一つの掛け軸を手に取る
「あ、それも、同じ人の絵だと思います。達磨ではないんですが……」

「それは楽しみです」

そう言って、掛け軸を開いたホームズさんの手がピタリと止まった。

「あの……?」

そこには、幸せそうに眠る赤ん坊が描かれている。

「驚きました……。白隠の……幼子を描いた絵を見たことはありますが、この赤子の絵は、初めてです」

「すごいものなんですか……?」

「そうですね。なんていうか、僕には値段がつけられません」

値段がつけられないとはどういうことだろう?

ポカンとする私に、ホームズさんはしっかりと視線を合わせた。

「葵さん。この掛け軸は、どなたのものですか?」

「……死んだ祖父のものです。古美術がとても好きで、あれこれと集めてまして」

そうですか……、とホームズさんは、真顔で私を見詰める。

「葵さんは元々、家族のものを勝手に持ち出して売ろうとするような子ではないようですね。だけど実行に移した。つまりそれは、本当に切羽詰まっているということ」

私は何も言えずに俯いた。

「本当につかぬことをお伺いしてしまいますが……葵さんが、お祖父様の遺品を持ち出してしまうくらい、お金を必要としているわけは何ですか?」

彼に優しく問いかけられ、私は目を合わせられず逸らしてしまう。

少しの沈黙の後、私はそっと口を開く。

「……新幹線代です。なんとしても、埼玉に帰りたかったんです」

「何か、あったのですか?」

それは……、と私は手を握り締めた。涙が溢れ出てくる。

「先月……付き合っていた彼に、もう別れようって言われたんです。私、その時は仕方ないなって思ったんです。彼は埼玉でなかなか会えないし、気持ちが離れても仕方ないなって……すごくつらくて、悲しかったけど……。だけど、彼はその後すぐに他の子と付き合い始めたようなんです。その相手が……私の親友だって、知ってしまって……」

「……そうですか。それで……」

「確かめたいんです……言いたいことがいっぱいあるんです。ひどいって、許せないって、二人に言いたいんです！　だって、本当にひどい……ひどすぎる……！」

私はカウンターに突っ伏し、声を上げて泣いた。

これまでずっと、誰にも言えずに堪えてきた。どうしてなんだろう、どういうことなんだろう、と自問自答を繰り返しながら。

そんな私の頭を、ホームズさんは優しく撫でてくれた。

「葵さんが持ってきてくれた、この赤子の絵を見てください」

「絵を……ですか……」

私はさらに顔を上げて、涙で滲んだ目で、掛け軸を見た。

眠っているような、笑っているような優しい赤子の顔が描かれている。

「『駿河《するが》には過ぎたるものが二つあり富士のお山に原の白隠』――そう称された白隠でし

たが、その名声が地に落ちたこともあったんです」

　私は黙ってホームズさんを見た。

「ある時、白隠の檀家の娘が妊娠するという事件がおきました。父から問い詰められて答えに困った娘は、『白隠の子供だ』と嘘をつきました。娘の父は激怒しましてね。『とんでもない生臭坊主だ』と、赤ちゃんを白隠に押しつけたんです。白隠は一言も弁解せずに、その赤子を引き取りました。人々に罵られながらも、必死に貰い乳に歩いて回ったそうです。それを知った娘は本当のことを打ち明け、白隠の許に行き、平謝りしました。すると、白隠は、『ああそうか。この子にも父があったか』とだけ言って赤子を返し、娘や父を非難することは全くなかったそうです」

　ホームズさんは、私をしっかりと見詰めた。

「白隠はその時、本当はどんな気持ちだったと思いますか？」

「……裏切られて、罵られて、それでも懸命に赤ちゃんを育てて……だけど、赤ちゃんを返して……。どんな気持ちだったかなんて……本当は何を勝手なことばかりって、怒っていたんじゃ……」

「どうでしょうか。その気持ちは、この絵に表れているのではないでしょうか？」

　ホームズさんは優しい眼差しで、赤子の絵を見つめる。

「この絵に……」

それは、幸せそうに眠る赤子の絵。

まるで、赤子を愛しそうに見つめる白隠の姿が浮かんでくるようだ。

「葵さんにも見えましたか？　白隠がこの子を愛する気持ち……。そして全てを受け入れ、愛していた彼の気持ちが」

私は、はい、とうなずく。

「憎んで、恨んで、許せないなんて言ってる私が恥ずかしい……。こんな素晴らしい宝物を売って、恨み言を吐きに行こうとしてた私が……本当に恥ずかしいです……」

涙が止まらなくなる。本当に、なんて浅はかで愚かだったんだろう。

俯いて涙を流す私に、ホームズさんは、そうだ、というように口を開いた。

「……葵さん。もしよかったら、ここで働きませんか？」

えっ、と私は、ホームズさんを見上げる。

「あなたは、なかなか『良い目』を持っています……。ちゃんと働いて、ご自分で交通費を稼いではいかがでしょうか」

「で、でも……」

「旅費が貯まる頃になっても、どうしても埼玉に帰りたかったら……。行ってスッキリするのも、いいと思いますよ」

ホームズさんは、そういってにこりと目を細める。

しばしホームズさんを見つめていた私は涙を拭いて、

「は、はい……。どうか……よろしくお願いいたします」

そう言って、ぺこりと頭を下げた。

「よかった。実は、お手伝いしてくれる人を探していたんです」

ぱちりと目を瞬かせる私に、ちょうど良かったです、とホームズさんはいたずらっぽく笑っていた。


――そうして私は今、ここでバイトをしている。

飲み終えたカフェオレのカップをテーブルに置き、私は頬を緩ませる。

「あの時のホームズさんを知ってると、とても腹黒だなんて……」

「どうでしょうか。もしかしたら、都合よく使えるバイトが見つかって、利用してるだけかも知れませんよ」

ホームズさんは、そんなことを言ってカップを回収して店の奥へと向かっていった。

「そ、そんなはずありませんよ……！」

立ち上がったその時、ふと、奥の展示が目に入った。

「あ……。あの時どうして、私が『良い目』を持ってるって言ってくれたんですか?」

「ああ……それは」

ホームズさんは、カウンターを出て、店の奥にある湯飲み茶碗の前へと向かった。

私もその後をついて歩く。彼は、ガラスケースの中に入った茶碗の前で足を止めた。

「葵さんが足を止めて、見入っていた茶碗。これは『志野《しの》の茶碗』なんです」

「シノの茶碗?」

「祖父の宝の一つで、桃山時代の国宝でしてね。もう二度と作られない名品と言われているんですよ。値段にすると、六千万と言ったところでしょうか」

「ろ、ろくせんまん⁉ そんなに凄いものが、こんなところに?」

「これは、ここだけの話に」

ホームズさんは、しーっ、と口元に人差し指を立てる。

その時、カランとドアベルの音が響き、

「なんや、清貴。そんなところで、彼女とお楽しみか」

和服姿に帽子を被った初老の紳士がずかずかと店に入ってきた。

誰だろう、と戸惑う間もなく、「オーナー……」とホームズさんは呆然とつぶやく。

『オーナー』ということは……この人が、ホームズさんのお祖父さんで国選鑑定人の家頭誠司さん。

「彼女は店を手伝ってくれてる真城葵さんですよ。電話で報告したでしょう」

「おう、そうやったな。葵さん、変わり者の孫ですが、よろしくお願いします」

オーナーはそう言って、すっと手を差し出す　私は躊躇いつつ握手した。

「あ、こちらこそ、よろしくお願いします」

「いや、可愛らしい。そこのカフェで一緒にコーヒーでもどうですか？」

「オーナー、バイトをナンパしないでください。それより、何か用でもあったんじゃないですか？」

「おお、そうやな」

オーナーは、苦笑しつつ私から手を離し、鋭い目を見せた。

「近頃、よくできた贋作が骨董品店に出回っとるようでな。お前も気い付けや」

「ああ、それでしたら……。先程、追い返したところですよ」

さらりと答えるホームズさんに、オーナーは「ほうか」と笑う。

よくできた贋作だなんて笑ってしまいますね、とホームズさんは冷笑を浮かべて、カウンターへと戻っていった。

僧形の姿をした男は、手の中の茶碗を前に顔を歪ませると、それを勢いよく壁に投げつけた。側にいた高田は、「ひっ」と呻いて後退る。

男はチッと舌打ちして、割れた茶碗を見下ろした。それは昼間『蔵』に持ち込んだ黄瀬戸の贋作だった。

「こんな手抜きやったら、あかんちゅうことか……。家頭清貴、その名前覚えたで」

男はそう言って不敵に笑い、その場を離れた。

高田は彼の迫力に圧倒されて、言葉もなくその場に立ち尽くしていた。

＊

「――お疲れさまでした」

夕方になり、私はエプロンを外して、頭を下げた。

「ええ。暗くなりますから、下鴨までお気を付けて」

「そういえば……。どうして、私の家が下鴨だって分かったんですか?」

出会った日のことを思い返して、私はそっと尋ねる。

名乗るなり、大体の住所を当てたのだ。

ホームズさんは、ああ、と相槌をうち、口角を上げる。

「それはそのうち……すぐ分かると思いますよ」

そんな彼を前に、私は、むぅ……と唸り、頬を膨らませた。

彼は時折、こうしてちょっとだけ意地悪だ。

「これが、京男子はいけずっていうやつですか……」

「ああ、ご存知なかったですか、葵さん。『京男』はいけずなんやで」

ぽつりと零した私を前に、ホームズさんは微笑んで、口の前に人差し指を立てた。

そんな彼を前に、私の心臓は跳ね上がる。

息が止まるかと思った。京都弁の男子は、心臓に悪い。

私はあらためて、「お疲れさまでした」と頭を下げて、店を出る。

夕方のアーケードを歩きながら、腹黒いけず京男子か……、とつぶやいた。

そっと足を止めて振り返ると、骨董品店『蔵』がアーケードの灯りに照らされているのが見える。

私は、うん、と頷いて、再び歩き出す。

――京都寺町三条通にある『蔵』という名の骨董品店に、『ホームズ』と呼ばれる不思議な『京男子』がいます。

これは、そんなホームズこと家頭清貴さんと、私、真城葵の、京都を舞台にしたはんなり事件簿――。

そして物語は、はじまったばかりです。

清貴　いや、懐かしかったですね。

葵　あの頃を思い出すと、自分の愚かさと浅はかさに目を覆いたくなります。

清貴　人は誰しも間違ったり、過ちを犯してしまったりするものです。大切なのは、その先にどうやって生きていくかだと思いますよ。著者はそのことを伝えたかったのではないでしょうか。

葵　ホームズさん……。

清貴　ちなみに、著者から、「たぶんどこにも出していない裏話」をいただいてます。

葵　えっ、どんなものですか?

清貴　（手帳を開き）ええとですね、著者によると、「京都ホームズは、当初の当初。書き始める直前まで、実は男二人の話を書こうと思っていました。ホームズと呼ばれる美青年と、子犬っぽいやんちゃな高校生男子。二人がわちゃわちゃしながら、日常の謎を解き明かす、まさにホームズとワトソンを意識した感じにしようと思っていたんですが、やはり恋愛要素を欲しいと思い直し、その男の子を女の子に変えたんです」とのことです。

葵　私、男の子だったかもしれないんですね。

清貴　ええ、危ないところでした。著者が思い直してくれて本当に良かった。
葵　でも、ホームズさんと子犬っぽい男の子のバディものも気になります。
清貴　僕は遠慮したいですね。現時点でまとわりついてきている男子は結構いますし。
葵　秋人さんに利休くん、そして最近では、春彦さんも。本当に結構いますね笑。
清貴　ええ、ですので、僕としては葵さんに来てもらえて嬉しいです。
葵　(照れ)。
清貴　では、次の話ですね。これも興味深いのではないかと。葵さんがバイトを初めて間もない頃のエピソードです。
葵　店長と私のお話だったりしますね。実はこの頃はまだ、ホームズさんがよく分からなくて、少し怖かったんですよね笑。
清貴　それはどういうことでしょう?
葵　読んでのお楽しみ、ということで。
清貴　それは楽しみです。ですが、その前に、春の京都の見どころをどうぞ。

京都ホームズ的！

春の京都のめぐり方

新生活を
京都で始める方にも
ぴったりですよ

- 桜を愛でる —— P.52
- 葵祭を楽しむ —— P.58
- 社寺のイベントに参加する —— P.60
- アクティビティを堪能する —— P.62
- ホームズさんが教える！春の京都豆知識 —— P.64

ぽかぽか陽気に誘われ、春の気配が満ちる場所へ。

はじまりの季節、春。

新生活をスタートさせる人も多い季節がやってきました。学生のまちである京都では、春になるとちょっぴりそわそわした様子で歩く学生さんの姿をよく目にします。不安な気持ちを打ち消すように空を見上げれば、目線の先に広がるのは美しく咲き誇る満開の桜たち。まるで道行く人たちを応援してくれるかのようです。何を隠そう京都は、

1.平安神宮の大鳥居がシンボルの岡崎エリアは桜の名所 2.仁和寺では五重塔と桜のベストショットを撮影しよう
3.上賀茂神社の斎王桜 4.琵琶湖疏水の岡崎十石舟めぐり。舟から見上げる桜は別格

春が似合うまち。新生活を京都で迎える人も、そうでない人も、春らんまんの京都に身をゆだねてみませんか?

うららかな季節ならではのおさんぽを楽しみましょう

春の京都のめぐり方①

桜を愛でる

文豪たちを魅了した美しき八重紅しだれ桜

京都には桜の名所がいっぱい。個性もいわれもさまざまです。桜色に包まれる春の京都をめぐりましょう。

明治28（1895）年に創建された平安神宮。第50代・桓武《かんむ》天皇を神様としてお祀《まつ》りする神社で、京都三大祭のひとつ、時代祭が行われることでも有名です。四季折々の花々が咲き誇る神苑は、明治時代に活躍した七代目小川《おがわ》治兵衛《じへえ》が作庭した池泉回遊式庭園。南神苑、西神苑、中神苑、東神苑の4つの庭からなり、特に南神苑は、八重紅しだれ桜の名所として知られています。川端康成《かわばたやすなり》『古都』や谷崎潤一郎《たにざきじゅんいちろう》『細雪』にも描かれるなど、多くの文豪にも愛されてきた桜をぜひ愛でてみませんか。

四季折々の表情を楽しめる神苑。秋には紅葉に包まれる

こちらもCheck！

しあわせの桜守。
幸運・美麗のご利益が
あるのだとか

結ぶとまるで本物の
桜の木みたいですね！

春になると「つぼみ」や「満開」など
桜にちなんだ運勢が記される
「桜《はな》みくじ」が結ばれる

白砂の向こうにそびえる
朱塗りの本殿

平安京・朝堂院の応天門を復元

平《へい》安《あん》神《じん》宮《ぐう》

所京都市左京区岡崎西天王町97
Tel075-761-0221
営6:00～17:00(夏期は～18:00)、
神苑8:30～17:30(季節により異なる)
休無休
交バス停岡崎公園 美術館・
平安神宮前から徒歩5分
Pなし

春の京都のめぐり方①

桜を愛でる

京都の春のフィナーレを飾る 世界遺産に咲き誇る御室桜

代々皇室ゆかりの人物が門跡（住職）を務めてきた仁和寺。仁和4（888）年に第59代・宇多《うだ》天皇によって創建された寺院で、真言宗御室《おむろ》派の総本山です。お寺の中に皇族の住まいとなる「御室」が築かれたことから、「御室御所」ともいわれる格式の高い寺院。境内に咲く桜は「御室桜」と呼ばれ、毎年4月中旬に満開を迎える遅咲きの桜として親しまれています。通常の桜と比べ背が低く、まるで雲海のごとく足元から咲き誇る姿を楽しむことができます。五重塔との競演にも注目です。

時にはたんぽぽとのツーショットも！

黄安《こうあん》仙人
発見!

黄安仙人は「永遠」の象徴なんですよ

かつて御所にあった紫宸殿を移築した金堂は国宝に指定される

本物の四つ葉のクローバーを使ったお守り

幸福守は白とピンクの2種類

仁和寺の正面にどっしりと立つ二王門

こちらもCheck!

四季折々の限定・切り絵御朱印!
奉拝
仁和寺

季節ごとに一推しの風景が描かれる切り絵御朱印

仁和寺《にんなじ》

所京都市右京区御室大内33
Tel075-461-1155
営境内自由、御殿は9:00〜17:00
(12月〜2月は〜16:30)
※受付終了は30分前
休無休
交嵐電御室仁和寺駅から徒歩3分
Pあり

春の京都のめぐり方①

桜を愛でる

物思いにふけってみるのも楽しいさんぽ道
四季折々の楽しみ方がありますよ
哲学の道

銀閣寺のあたりから、琵琶湖疏水（疏水分線）沿いに南へ1・5㎞ほど続くさんぽ道は「哲学の道」と呼ばれます。春には、ソメイヨシノや里桜など約430本もの桜のトンネルが続きます。「哲学の道」の名は、哲学者・西田《にしだ》幾多郎《きたろう》らが、かつて毎日のようにこの道を歩いて、思索にふけっていたことに由来します。はらはらと舞い散る花びらが水面に花筏を描くのもまた素敵です。

秋には紅葉に包まれる

哲学の道

清々しい新緑の季節もおすすめ

哲学《てつがく》の道《みち》

所京都市左京区浄土寺石橋町～若王子町
Telなし
営散策自由
休無休
交バス停銀閣寺道/銀閣寺前からすぐ
Pなし

平安時代から受け継がれる
表情豊かに咲き競う花々

京都屈指の桜の名所、平野神社。毎年春になると、早咲きから遅咲きまで、約60種４００本もの桜が満開に。約1か月半の間、訪れる人を楽しませてくれます。夜桜が美しいことでも知られ、平安時代には貴族たちも花見を楽しんだのだとか。神社としての歴史は古く、平安京遷都の際に、奈良から現在の地に移されたといいます。境内には古来守り継がれてきた桜が、今も変わらず咲き誇ります。

平野造と呼ばれる本殿。桜の提灯が印象的

平《ひら》野《の》神《じん》社《じゃ》

所京都市北区平野宮本町1
Tel075-461-4450
営境内自由　休無休
交バス停衣笠校前から徒歩3分
P あり

春の京都のめぐり方②

葵祭を楽しむ

まるで平安絵巻のよう！ 衣装や道具にも注目を

京都三大祭のひとつ、葵祭。毎年初夏が近づく頃、京都の人たちの話題の中心となるお祭りです。雅な行列のひみつにふれてみませんか？

上賀茂《かみがも》神社と下鴨《しもがも》神社のお祭りである葵祭。毎年5月15日には、500人にも及ぶ雅な行列が都大路をゆく「路頭《ろとう》の儀《ぎ》」が行われます。平安装束を身に着け、衣装や道具に神紋の二葉葵《ふたばあおい》を飾った、平安貴族さながらの行列からは、古《いにしえ》より受け継がれる伝統美が感じられるようです。なかでも斎王代《さいおうだい》と呼ばれる十二単をまとった女性は、葵祭のヒロインともいえる存在。毎年京都ゆかりの未婚の女性から選ばれます。馬36頭、牛4頭、牛車2基、輿1台が一緒になって列をなす、優雅な行列を目にして、平安貴族にこころを寄せてみませんか。

葵さんのお名前は
この「葵祭」に
由来しますよ！

葵祭のおすすめ鑑賞スポット！

さわやかな新緑に包まれる 行列のスタート地

美しい藤の花で彩られた牛車。
前後左右の意匠にも注目したい

行列は当日10時30分に京都御所を出発し、堺町御門から下鴨神社へと向かいます。京都御所を背景に進んでいく行列を眺めていると、平安絵巻の中に飛び込んだような気分に。御苑内には有料観覧席もあるので、ゆったりと椅子に座って鑑賞するのもおすすめです。

京《きょう》都《と》御《ぎょ》苑《えん》

所京都市上京区京都御苑3
Tel075-211-6348（環境省京都御苑管理事務所）
営苑内自由　休無休
交地下鉄丸太町駅/今出川駅から徒歩5分　Pあり
※有料観覧席については京都市観光協会に要問合せ

路頭の儀の到着地！ 清々しい境内をゆく

朱色の鳥居をくぐって進む
行列の姿は見どころのひとつ

上賀茂神社には15時30分頃到着します。到着すると下鴨神社と同じように「社頭の儀」が行われます。約8kmの道のりを歩いた行列のクライマックスです。

上《かみ》賀《が》茂《も》神《じん》社《じゃ》

所京都市北区上賀茂本山339
Tel075-781-0011
営5:30～17:00　休無休
交バス停上賀茂神社前からすぐ
Pあり

タイムスリップしたかのよう！ 森林の中を進む行列

下鴨神社では、5月に入ると葵祭の
さまざまな儀式が行われる

下鴨神社には11時40分頃到着。「社頭《しゃとう》の儀《ぎ》」が行われ、本殿に祈りを捧げます。新緑が広がる糺《ただす》の森《もり》の有料観覧席は、趣《おもむき》の異なる魅力があります。

下《しも》鴨《がも》神《じん》社《じゃ》

所京都市左京区下鴨泉川町59
Tel075-781-0010
営6:30～17:00（季節により異なる）　休無休
交京阪出町柳駅から徒歩12分　Pあり
※有料観覧席については京都市観光協会に要問合せ

社寺のイベントに参加する

京都のお寺や神社では、社寺をちょっぴり身近に感じられるイベントを行うことも。気軽に参加して、ゆったりとしたひと時を過ごしてみませんか。

百万遍さんの手づくり市
日程 毎月15日 8:00～16:00
料金 無料

手しごとにこだわった ぬくもりのある作品が集結

百萬遍とは、疫病退散のため100万回の念仏を唱えたことに由来

焼菓子から雑貨まで幅広いラインナップ

毎月15日に百萬遍知恩寺の境内で行われるフリーマーケット。ユニークなのは、手づくりのもの以外取り扱ってはいけないこと。ハンドメイドの品を求めて、毎回多くの人でにぎわいます。こちらで実力をつけて自分のお店を持つ、という作家さんも多いのだとか。

百《ひゃく》萬《まん》遍《べん》知《ち》恩《おん》寺《じ》

所 京都市左京区田中門前町103
Tel 075-781-9171
営 9:00～17:00　休 無休
交 バス停百万遍からすぐ　P あり

国宝の内部で
夜通し過ごせる
贅沢な時間だよ！

国宝の三門の中で夜通し念仏を唱える

ミッドナイト念仏in御忌
日程 毎年4月18日 20:00
～19日 7:00
料金 無料

「華頂山」の額の大きさは畳2畳ほどもある

浄土宗の宗祖・法然上人の木像を祀る御影堂

年に1度オールナイトで行われるイベント。普段は入ることができない国宝・三門楼上内で、僧侶と一緒に木魚をたたきながら念仏を唱えます。やわらかな光に包まれる仏像や天井画はなんとも幻想的。日常から少し離れて、自分自身と向き合う時間を過ごせます。

知《ち》恩《おん》院《いん》

所 京都市東山区林下町400
Tel 075-531-2111
営 9:00～16:00　休 無休
交 バス停知恩院前から徒歩5分　P なし

春の京都のめぐり方④
アクティビティを堪能する

市内中心部からちょっと足を延ばして、保津峡へ。春風に包まれながら、渓谷美がどこまでも続く絶景ビューを楽しみましょう。

ダイナミックな景観をたっぷりと楽しめる列車の旅

紅葉シーズンのライトアップも人気

嵯峨野《さがの》トロッコ列車《れっしゃ》

所 京都市右京区嵯峨天龍寺車道町（トロッコ嵯峨駅）
Tel 075-861-7444
営 9:02〜16:02（1日8往復16本）
※季節によって臨時列車運行、部分運休あり（HP要確認）
休 12月30日〜2月末日、他不定休（HP要確認）
交 JR嵯峨嵐山駅からすぐ　P なし

保津川沿いをゆっくりと走るレトロな観光列車。片道7.3km、およそ25分の列車の旅は、嵐山の豊かな自然を存分に味わえます。特に春には、沿線に植えられた約700本もの桜や、山々に咲き誇るヤマザクラなど、うららかな季節ならではの渓谷美を堪能できます。途中、保津川下りの船とすれ違うことも。桜のトンネルにもぜひ注目を。

船頭さんの巧みな技にも注目！
右に左に大自然を進む川下り

こちらもCheck！

ユニークなかたちをした「カエル岩」

竿を使って船の向きをコントロール

保《ほ》津《づ》川《がわ》下《くだ》り

所亀岡市保津町下中島2
Tel0771-22-5846
営9:00〜15:00に7便（土・日曜、祝日は臨時増便あり、12月中旬〜3月9日は10:00〜14:30に暖房船4便）
休12月29日〜1月4日※悪天候や増水の場合は中止
交JR亀岡駅から徒歩8分　Pあり

亀岡から嵐山まで、約16kmに及ぶ保津川下り。約2時間の船旅は、ゆるやかな流れと激流が交互にやってくるスリル満点のコースです。川の流れの変化や落差、突如現れる巨大な岩などをいかに乗り越えるかが、船頭さんの腕の見せどころ。巧みな竿さばきによってすいすいと進んでいきます。笑いを交えたガイドを聞きながら、大自然との一体感を味わうことができます。

＼ホームズさんが教える！／

春の京都豆知識

京都の住所、「上《あが》ル」「下《さが》ル」って何？

京都に来た方が、最初に戸惑ってしまうことのひとつが、住所表記ではないでしょうか。京都の住所によく見られる「上ル」「下ル」「西入ル」「東入ル」との表記。一見難しそうですが、コツさえ覚えてしまえばとっても便利ですよ。

京都は「碁盤の目」と呼ばれるように、南北に通る縦の通りと東西に通る横の通りでかたちづくられています。例えば「烏丸通四条上ル」であれば、烏丸通（縦）と四条通（横）の交差点付近であることが分かります。この交差点をどちらの方向に進めばよいのかを示すのが「上ル」の部分。京都では、北に進むことを「上ル」、南に進むことを「下ル」といいますので、交差点を北に進むのが正解ですね。ちなみに、「西入ル」は西に、「東入ル」は東に進むことを意味しますので、「四条通烏丸西入ル」との表記であれば、交差点を西に進んだ場所となりますよ。

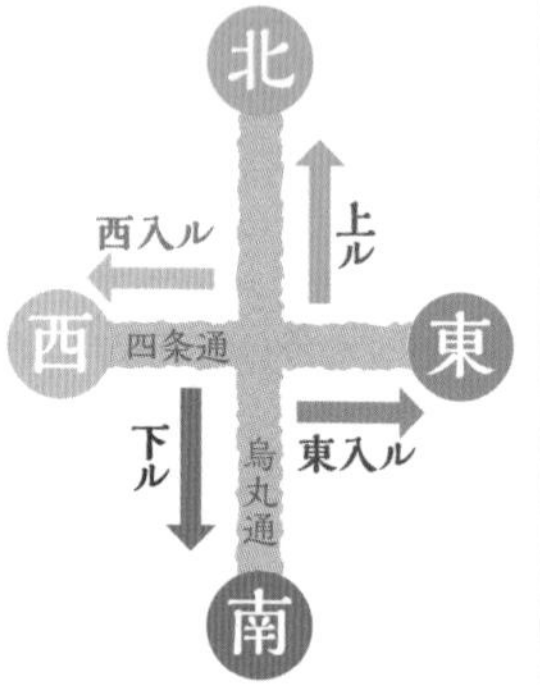

第二話　骨董品店『蔵』と桜の道

「京都の春は、どうですか？」

ホームズさんに唐突に問われ、ぼんやりしていた私の肩がびくんと震えた。

春うららとはよく言ったもの。ぽかぽかと暖かい陽気のなか、私——真城葵は不意に訪れた眠気を振り払おうと、箒《ほうき》を持ち出して、店内の床を掃いていた。

人一倍鋭い観察力を持つ彼のことだ。

私が眠気と戦っていたのに気付いていて、話しかけてきたのだろう。

「えっと、春、ですか？」

私は声を裏返して、振り返る。

ホームズさんはカウンターの中にいて、いつものように帳簿をつけていた。

その向かい側には彼の父親・店長こと家頭武史さんが座っている。

店長は原稿用紙に目を落とし、額に手を当てていた。彼の本業は作家なのだ。

骨董品店『蔵』の日常だ。

「京都に移り住んで、初めて迎える春ですよね？」

彼はにこりとして、その形の良い目を細めた。

「…………」

やはり美男子だ。ここでバイトを始めて一週間。もう何度も顔を合わせているけれど、未だ彼に慣れず、思わず目をそらしてしまう。

その理由は見目麗しすぎて眩しいというのはもちろん、目を合わせることですべてを見透かされそうで、どうしても怖く感じていた。

「葵さん？」

ホームズさんは首を傾げている。

鋭い洞察力の持ち主なのだから、私が彼を直視できないことや、その理由も気付いていそうなものなのに、あえてなのか天然なのか不思議そうな様子だ。

バイト初日は、優しい人だと感動した。

だけど、ふとした時に見せる表情はとても冷ややかで、どきりとさせられる。

その表情は私に向けられたものではないとしても、だ。

いつも微笑んでいるけれど、何を考えているか分からない。

つかめなさすぎて、少し怖い。とはいえ、彼はただのバイト仲間。

優しく接してくれているのだから、その本性がどうであれ、気にすることはない。

私は気を取り直して、はい、と答える。

「初めての春です」

私は去年の夏休みに埼玉から京都へ引っ越してきた。

「たしか、京都の高校に編入したのは、二学期からでしたよね？」

「はい。すごく注目されて恥ずかしかったです」

私は初日を思い起こして、気恥ずかしさが蘇り、肩をすくめる。

「高校の編入生というのは、なかなか珍しいでしょうしね」

「そうなんですよ。でも、みんなすぐ興味を失いましたけどね」

「まぁ、そんなものですよね。ちなみに京都の秋と冬は楽しめましたか？」

いいえ、と私は力ない表情で首を振る。

「新しい土地に馴染むのに精一杯で、季節を楽しむ余裕はまったくなかったです」

私は京都での新生活がスタートしても、以前の学校のことばかり考えていた。

そもそも、新たな環境に馴染もうとしていなかったのだ。

京都にいるのは高校生の間だけ。卒業したら東京の大学へ進学しよう、と常々思っていた。だけど、その考えは一変した。

遠距離恋愛をしていた彼から別れを告げられたのだ。

その彼は、私の親友と……。

また、負のループに陥りそうになった時、

「——春は、良いですよ」

ホームズさんが優しい口調で、まるで独り言のようにつぶやいた。

我に返って顔を上げると、彼は窓の外を眺めながら、眩しそうに目を細めている。

「生命の息吹に満ち溢れる季節です。いろいろあっても、桜が咲き誇る下を散歩するだけで力をもらえるものですよ」

そうですね、と私がはにかんだ時、「本当だねっ」と店長が突然、声を上げた。

えっ、と私とホームズさんは、店長に視線を送る。

「やはり散歩してくることにするよ」

店長はガタッと音を立てて、椅子から降り、真っ白な原稿用紙を鞄に詰め込んで、逃げ出さんばかりに店を出て行こうとしている。きっと原稿に行き詰まっていたのだろう。

そんな店長の背中に向かって、ホームズさんが声を掛けた。

「それでしたら、ぜひ葵さんも連れて行ってあげてください」

「私を?」「葵さんを?」

店長と私は、同時に声を上げてホームズさんの方を向く。

どうして……と私が戸惑っていると、ホームズさんは話を続ける。

「時々、この店にもふらりと観光客が立ち寄ってくれることがあるんです。そうしたお客様は、『この近くで良いところはある?』と訊いてこられることも多い。たとえば今でしたら、『この辺りで桜が観られるところはある?』とか」

はあ、と私は相槌をうつ。

「そうした時にお答えできるように、ぜひ、ここから徒歩圏内の桜を観てきてください」

これも立派な仕事ですよ、とでも言うようだ。私がぽかんとしていると、店長が頷く。

「それはそうだね。では葵さん。桜を見に行きましょうか」

まるでエスコートするように扉を開けた。

こうした所作はホームズさんとよく似ていて、さすが親子だと感心させられる。

ホームズさんの方を向くとカウンターの中で、いってらっしゃい、と手を振っていた。

「あ、はい。では……」

私は恐縮しながら、行ってきます、と外に出た。

「――ここからすぐ近くの桜となると、やはり鴨川《かもがわ》ですかねぇ」

店長は独り言のように言いながら三条名店街商店街をまっすぐ東へと向かう。

河原町《かわらまち》通に出ると相変わらず人で賑わっている。

信号待ちをしていると、すぐ近くのカラオケボックスに学生たちが入っていく姿が見受けられた。今は春休み中なのだ。

信号が青に変わったのを確認して、私と店長は人の流れに乗りながら横断をした。

「葵さんはカラオケには行きますか？」

店長もさっきの学生たちを見ていたようだ。私は肩をすくめて、首を振る。

「友達に誘われたら行きますけど、歌は得意じゃないんですよ」

「わたしも同じです。でも、カラオケ自体はよく行くのですがね」

店長がカラオケに行くというのが意外で、私はぱちりと目を瞬かせた。

私の気持ちを察したようで、店長は頬を緩ませる。

「歌いに行くのではなく、原稿を書くのに部屋を借りに行くんです。カラオケボックスの適度な雑音で逆に集中できることもありまして。カフェやファミレスも良いのですが、あまりの長居は迷惑になりますし」

「適度な雑音って、意外と良いものなんですね？」

「ええ、葵さんも勉強に行き詰まったら、ぜひ場所を変えてみてください」

試してみます、と私は頷く。

「ちなみにホームズさんも店長のように場所を変えて勉強したりしているんですか？」

「いいえ。あの子は一か所に留まって集中してやり遂げるタイプですね。興味のある美術資料本などを手に入れたら、部屋から出て来なくなるんですよ。そうなるとオーナーが『また穴倉の蛇になっとるわ』と呆れて言ったりしています」

「穴倉の蛇ってそんな……」

蛇が苦手なのでギョッとしていると、店長は愉快そうに笑った。

「清貴は知恵があり抜け目ないのですが、相手が攻撃してこない限りは決して自分からは攻撃せずに様子を見ているタイプなんです。ですが、ひとたび攻撃されたら確実に相手を仕留めますし、そういうところを見てオーナーは清貴を蛇男と言っているんですが」

フォローのつもりなのだとしたら、まったくフォローになっていない。

それにしても蛇男なんて、と私の頬が引きつる。

知恵があって抜け目ない。しかし相手が攻撃してこない限りは、自分からは攻撃しない。

そう聞くと、ホームズさんにはそういうところがありそうな感じがする。

やっぱり、本質は冷たい人なのだろうか？

……とはいえ私は当然ながら、ホームズさんを攻撃するつもりはまったくないのだから、私が彼に攻撃されることはないだろう。

そんなことを考えながら歩いていると、木屋町《きやまち》通の小川が目に入った。

そこにも桜が咲いている。舞い落ちた花びらを、澄んだ小川が川下へと運んでいった。

「わあ、綺麗ですね」

「ここも名所でしたね。高瀬川《たかせがわ》ですよ」

少しここを歩きましょうか、と木屋町通を北へと向かって歩く。

この川はかつては物流に使われていたんですよ、と店長が簡単に説明をしてくれた。

数歩で渡り切れる小川の畔《あぜ》に並ぶ桜の木々。その様子はまさに京都ならではの景色だ。

もしお客さんに『この辺で京都っぽい景色が観られる桜の名所はあるかしら?』と訊かれたら、ここを紹介しよう。

木屋町通には飲食店を含めたさまざまな店が軒を連ねている。眺めているだけで楽しく、アッという間に御池通に着いた。

鴨川に架かる大きな橋、『御池大橋』の南側を渡り、真ん中で足を止めて川を眺める。

手前に三条大橋、その向こうに四条大橋が見える。

鴨川を挟んだ左右に桜の木があり、空の青と相まって美しい光景だ。

今度は北の方を向くと、川上に向かって桜が続いているのが見える。

「一望できるんですね」

良いでしょう、と店長は微笑む。

高瀬川沿いの風情ある光景に心惹かれていた。誰かに紹介するなら、もうそこで良いのではないかと思っていた。だけど、こうして鴨川に来て、橋から眺めると圧巻だ。

橋を渡り切り川端通に出ると、そこは桜並木だった。

私は桜の花々を見上げて、わぁ、と洩らす。

桜のトンネルをくぐるように、川端通を南へと向かって歩く。

気の早い桜がもう花びらを散らしている一方で、まだ七分咲きの遅咲きの桜もある。

焦ることはないよ、と私は桜を眺めながらそんなことを思う。

先ほどまでの陰鬱とした気分がなくなっているのに気付き、私はふふっと頬を緩ませた。

「ホームズさんの言う通りですね。いろいろあっても、桜の下を散歩していると嫌なことを忘れられます」

桜を見上げながら、私はしみじみと言う。

「そうですね。もやもやしてきたら、歩いて美しいものを見るのが一番ですね」

「はい。『留まっているより動いた方が良い』というのは、よく言われてきたので分かっていたつもりなんですけど……」

「どなたに言われてきたんですか？」

部活動の時の話なんですが……、と私は話し始める。

中学の時、私はテニス部だった。思ったようにプレイできなくて落ち込んだ時、顧問や先輩によく言われたものだ。『落ち込んでいる暇があるなら動け』と。

そこに留まり続けるというのは、負のループに陥りやすいのだ。

そのことを店長に話すと、愉しげに目を細めた。

「『落ち込んでいる暇があるなら動け』……なかなか強い言葉ですね。ですが真理かもしれません。悩みを引きずるというのは、往々にして『暇な時』に陥りやすいそうなんですよ」

「えっ、暇……ですか？」

そうなんです、と店長は少し可笑しそうに口許を緩ませる。

「悩んだり誰かを妬んだり羨んだりは、時間に余裕があるから起こりがちなんですよね。つまり暇であればあるほど、もやもやしてしまうんです」

そうかもしれない、と私は苦笑する。

彼に別れを告げられたこと、その後に親友と付き合っていると知ったことがぐるぐると頭を過る。そうして負のループに陥ってしまうのだ。

「うちの店は暇ですし、落ち込んでしまったら負のループに入ってしまいますよねぇ」

店長はまるで独り言のように言った。

その言葉を聞いて、あれ、と私は眉根を寄せた。

店では、そうならない。思えば負のループに陥りそうになった時、必ずホームズさんが声を掛けてきた。今日もそうだった。もしかしたら……、

「ホームズさんは、清貴を優しくない人ですよね？」

「葵さんは、清貴を優しくないと？」

疑問形だったのが意外だったようで、戸惑った様子だ。

「あ、いえ、そういうわけではないんです。いつもとても優しいんですけど、実際はどうなんだろうって」

躊躇いがちに言うと、店長は小さく笑った。

「清貴は、とても優しい子ですよ。まぁ、厳しい面もありますし、怖いところもたくさんあるんですがね……あの若さで海千山千の息子ですから」

「なんだか分かる気がします」

『海千山千』とは、長い年月にさまざまな経験を積んで、世の中の裏も表も知り尽くした、ずる賢く、したたかな人という意味だ。その言葉は、たしかにホームズさんを連想させる。

そうそう、と店長は思い出したように、京都市を囲む東の山々を眺める。

「葵さんは、『海千山千』の由来はご存じですか?」

いいえ、と、私は素直に首を横に振る。

「『海に千年、山に千年、棲んだ蛇は龍になる』という言い伝えがあったそうなんです」

「そこから『海千山千』という四字熟語ができたんですね」

「ええ。オーナーが清貴を蛇男呼ばわりするのは、今は蛇でも、いずれ龍のようになってほしいという気持ちがこもっているようですよ」

「そんな想いが……」

オーナーが成長を認めた時、もう彼のことを蛇男と言わなくなるのだろう。

「店長は、ホームズさんが龍になる日は近いと思いますか?」

「どうでしょう。あの子は今のところ自分のことしか頭にないというか、自分が一番大事という人間ですからね。まだまだなのではないでしょうか」

自分が一番大事、と聞いて私はそっと首を傾げた。

「……でも、それってみんながそういう面を持ってますよね?」

誰だって自分が一番大事ではある。

「そうなんですが、あの子はそれが突き抜けてるんですよ。自分至極主義ですね」

それもまたホームズさんらしく感じて、私は笑ってしまった。

「あの子が、自分以上にとは言いません。自分と同じくらい大事な人ができたなら、変わるかもしれませんね」

「その時、ホームズさんは龍になれるんですね」

そうかもしれませんね、と店長は笑う。

自分至極主義のホームズさんが選ぶ人は、どんな女性だろう？

まったく想像つかないけれど、あんなに美意識の高い人だ。きっと何もかもが完璧な、美しい人に違いない。

ホームズさんと美しい女性が、この桜の下を歩く姿はとても絵になるのだろうな。

そんな光景を想像して、まるでポスターのようだ、と私は頬を緩ませる。

川端通を下り三条通まで来たところで、私たちは再び西へと向かった。

カラオケボックスの前まで来て、店長は足を止める。

「それでは葵さん、わたしはここで原稿を書こうと思いますので」

「あ、はい。私は店に戻ります。原稿がんばってくださいね」

私はにっこり笑って敬礼のポーズを取る。

本当のことを言うと、と声を潜めた店長に、私は「はい？」と訊き返した。

「実は歌うのは嫌いではなくて、執筆に行き詰まってもやもやしたら、ついつい何曲か歌ったりしているんですよ」

「店長が歌うのが好きって、意外な気がします」

「そんなことありませんよ。わたしのように口下手な者こそ歌うのは良いと思っています。発散になりますので」

「そうなんですね」

「ええ、葵さんもたまにはぜひ。気が晴れるかもしれませんよ」

店長はそう言って、カラオケボックスへと消えていった。

私は店長の背中を見送りながら、こうしてゆっくり話せたことで、ホームズさんに対して抱いていた恐怖感が薄らいでいることに気が付いた。

ホームズさんは、鋭い洞察力と観察眼と攻撃力を隠し持っている。私はそれを感じ取って、時々怖いと思ってしまっていたのだろう。

でもそれは、持っている武器が優れているというだけの話で、ホームズさんはとても優しい人なのだ。

「さて、店に戻ろう」

そしてホームズさんにお礼を言おう。

私は軽い足取りで、骨董品店『蔵』へと向かった。

清貴　――そうでしたか、父とこんなやりとりを……。

葵　はい。この時の店長の言葉でホームズさんに対する警戒心が薄れた気がします。

清貴　それは父に感謝をしなくては……父のフォローがなかったら、葵さんは僕に心を開いてくれなかったかもしれないんですね。

葵　いえいえ、そんなことは……。そうだ、聞きたかったんです。ホームズさんってカラオケに行って歌ったりするんでしょうか？

清貴　自分からは行きませんが誘われたら行きますよ。歌は同行者の年齢に合わせたものを歌います。

葵　つまり、年配者と行った時は昔の歌、大学のお友達と行った時は流行りの歌というかんじで？

清貴　はい。その方が盛り上がるでしょうし。

葵　なんだかホームズさんらしいですね。歌も上手そう。

清貴　いえ、普通だと思いますよ。今度一緒に行きましょうか？

葵　あ、はい。ぜひ。

清貴　楽しみですね――と、次のページからは夏の京都のオススメです。

葵　よろしくお願いいたします。

京都ホームズ的！

夏の京都のめぐり方

浴衣を着て
でかけるのも
いいですね

祇園祭を楽しむ —— P.84
御手洗祭に参加する —— P.88
貴船で涼を感じる —— P.90
川床でゆったり過ごす —— P.92
京都五山送り火を観賞する —— P.94
ホームズさんが教える！夏の京都豆知識 —— P.96

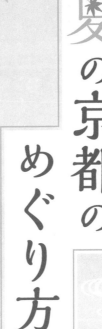

夏のまぶしい光の下 涼やかな気分で京めぐり。

7月、祇園祭が幕を開けると、京の夏が始まります。

三方を山に囲まれた盆地の京都は、夏が蒸し暑いことで有名です。でも、さわやかな風が吹きわたる川床で食事を楽しんだり、青もみじが輝くお寺や神社の境内を蝉《せみ》しぐれを聞きながら散歩したり、暑さがやわらぐ夕方に浴衣《ゆかた》を着ておでかけしてみたり、透かし模様の京うちわを手にしてみたり……。涼やかな気持ち

2

鞍
馬
3

1

1. 祇園祭・後祭の山鉾巡行のラストを飾る大船鉾　2. 夕暮れ時の八坂の塔はなんとも幻想的
3. 貴船エリアにおでかけの際は、鞍馬方面にも足を延ばそう。大きな天狗が迎えてくれる

になれる工夫を考える時間も楽しいものです。
光あふれる夏こそ、京の都をめぐってみませんか？

比較的涼しい
朝のおでかけも
おすすめですよ

夏の京都のめぐり方①

祇園祭を楽しむ

まるで「動く美術館」絢爛豪華な山鉾が都大路をゆく

夏のはじまりを告げる祇園祭。
お祭りを受け継ぐ町衆たちの情熱が
蒸し暑さも吹き飛ばしてくれそうです。

葵祭、時代祭と並ぶ京都三大祭のひとつ、祇園祭は、八坂《やさか》神社の祭礼。その歴史は平安時代の貞観11（869）年にさかのぼり、悪疫退散を願って開かれた神事がルーツなのだそう。豪華な装飾品をまとった山鉾が都大路をゆく「山鉾巡行」が有名ですが、実は、7月1日から31日までの1か月にわたって繰り広げられる壮大なお祭りなのです。ハイライトの山鉾巡行はもちろんのこと、八坂神社から3基のお神輿《みこし》がでる神幸祭《しんこうさい》や還幸祭《かんこうさい》、駒形提灯《こまがたちょうちん》がともる宵山《よいやま》など見どころがたくさんです。

ホームズさんが教える 3つの見どころ

1 ご利益もいっぱい！ 宵山のまち歩きを楽しもう！

山や鉾を間近で見られるチャンス。前祭の宵山（14～16日）は歩行者天国になって露店が並びます。後祭の宵山（21～23日）では昔ながらの祭りの趣を感じることができますよ。

日が暮れると駒形提灯がともり、幻想的な雰囲気に

2 絢爛豪華な山鉾がゆく！ 前祭と後祭のハイライト・山鉾巡行！

有料観覧席は事前予約がおすすめ（京都市観光協会に要問合せ）

煌びやかな山鉾が17日の前祭と24日の後祭に分かれて巡行します。音頭取りの合図で山鉾が一気に方向転換をする「辻廻《つじまわ》し」は圧巻ですよ。お囃子《はやし》にも耳を傾けてみて。

3 毎日どこかで神事や行事が!? 1か月続く長～いお祭り！

7月1日の「吉符入《きっぷいり》」で幕が開きます。巡行の順番を決める「くじ取り式」やお神輿を清める「神輿洗」など、31日の「疫神社夏越祭」まで毎日のように神事が営まれます。

「鉾建て・山建て」の職人さんの技も見どころ

夏の京都のめぐり方①
祇園祭を楽しむ

＼ ホームズさん一推し！ ／
ご利益別おすすめちまき3選

ちまきとは？

笹の葉に包まれたちまきは、家の玄関口に掲げる厄除けのお守り。八坂神社のご祭神ゆかりの逸話により、どのちまきにも「蘇民将来子孫也」という護符が付いています。前祭と後祭の宵山で授かることができますよ。

疫病退散

長刀鉾《なぎなたぼこ》のちまき

「くじ取らず」の鉾として毎年、前祭の山鉾巡行の先頭をゆく長刀鉾。鉾の上にそびえる長刀には、疫病邪悪を祓《はら》う意味が込められています。山や鉾によってちまきのご利益が異なりますが、長刀鉾はスタンダードな「厄除け・疫病除け」。ぜひ授かってご利益をいただきましょう。

金運アップ

　貧しくも母孝行の郭巨が山で黄金一釜を掘り当てた中国の史話「二十四孝」にちなむ郭巨山。大きな小判がちまきに添えられています。

郭巨山《かっきょやま》のちまき

縁結び

　平安歌人の和泉式部《いずみしきぶ》と丹後守《たんごのかみ》の平井《ひらい》保昌《やすまさ》の恋物語に由来する保昌山。ちまきには保昌が和泉式部に贈った紅梅が飾られています。

保昌山《ほうしょうやま》のちまき

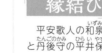

意外と知らない!?

祇園祭Q&A

Q 山鉾ってどうやって建てられるの?

A 前祭の山鉾は7月10〜14日、後祭の山鉾は18〜21日に建てられます。釘を使わず縄で固定する「縄がらみ」をはじめ、古来の伝統技法を受け継いでいます。車輪や屋根を取り付けて懸装品を飾れば完成です。

Q お稚児《ちご》さんってどんな存在?

A 神様に仕える子どものこと。昔から罪や穢《けが》れのない子どもには神霊が降臨しやすいとされてきました。17日の山鉾巡行は、長刀鉾のお稚児さんが神域との結界を表す注連縄《しめなわ》を断ち切ることで始まります。

Q 祇園祭の期間中はきゅうりを食べないって本当?

A 水分が多く、夏バテ予防にも効くきゅうり。でも、輪切りにしたときの断面と八坂神社の神紋が似ていることから、祇園祭の1か月間、関係者はきゅうりを食べることを控える習わしがあります。

祇園祭と花街祇園を守る「祇園さん」

1150年以上祇園祭を執り行ってきた八坂神社の創建は、平安京の造営以前と伝わります。厄除け・疫病退散のほか、商売繁盛のご利益で信仰を集めます。本殿は令和2 (2020) 年、国宝に指定。

八坂神社《やさかじんじゃ》

所 京都市東山区祇園町北側625
Tel 075-561-6155
営 境内自由(社務所は9:00〜17:00)
休 無休
交 バス停祇園からすぐ　P あり

御手洗祭に参加する

ひんやり冷たい池に足を浸し 後半年の無病息災を願う

御手洗祭
日程 土用の丑の日の前後の5日間
料金 灯明料300円

自然豊かな糺の森にたたずむ下鴨神社。夏の恒例行事、御手洗祭《みたらしまつり》で暑気払いして心身をクールダウンしませんか。

都を守護する社として信仰を集めてきた下鴨神社。緑豊かな糺の森に包まれた境内には、縁結びの神を祀る相生社《あいおいのやしろ》や美麗の神を祀る河合《かわい》神社など、小さなお社が点在しています。毎年7月の土用《どよう》の丑《うし》の日の前後に行われる「御手洗祭」は、無病息災を願う神事。境内の御手洗池に足を浸し、ロウソクをともして御手洗社に奉納し、手を合わせます。冷たい水にふれるとたちまち心身がシャキッ！リフレッシュしたあとは、御手洗池に湧きでる水の泡を表したと伝わる門前名物・みたらし団子で厄除けを。

下鴨神社《しもがもじんじゃ》

DATA P.59➡

親友の香織と仲良くなるきっかけとなった場所です

人も鳥たちも憩う自然豊かな太古の森

糺《ただす》の森《もり》

縄文時代から生き続けていると伝わる糺の森は、3万6千坪もの広さ。木漏れ日まぶしい森の中には清らかな川が流れ、鳥のさえずりも聞こえてくる癒しのスポットです。

美しく麗しくなりたい人は心を込めて絵馬にメイクを

こちらもCheck!

玉のように美しい玉依姫命《たまよりひめのみこと》が祭神で、美麗や女性守護のご利益で信仰を集めます。御神水で作る「かりん美人水」も人気です。

河合《かわい》神社《じんじゃ》

所 京都市左京区下鴨泉川町59 下鴨神社境内
Tel 075-781-0010(下鴨神社)
営 6:30〜17:00(季節により異なる)
休 無休
交 京阪出町柳駅から徒歩10分
P あり

夏の京都のめぐり方③

貴船で涼を感じる

京の奥座敷と称される貴船《きぶね》エリアは京都市街よりも気温が5～10度低め。とっておきの別天地へ出かけましょう。

無数の短冊がゆれる七夕飾り　夜はライトアップで幻想的に

七夕笹飾りライトアップ
日程 7月1日～8月15日
日の入り～20:00
料金 無料

龍神を祀る貴船神社は、京都屈指のパワースポット。恋心をいだいた平安歌人・和泉式部も参拝に訪れたというエピソードから、縁結びの神様として信仰を集めています。貴船山の湧き水をたたえる本宮の霊泉にそっと手を浸すと、ひんやりとしてこころまですっきり。毎年7月7日には水の恵みに感謝する七夕神事「貴船の水まつり」が営まれるほか、夏の約1か月にわたり、七夕飾りが境内を彩ります。日が暮れると涼しさもひときわ。七夕飾りのライトアップを楽しむのもおすすめです。

私もホームズさんと一緒に水占みくじをしました

水占みくじ(左)。御神水(右)に浸すと、神様からのメッセージが少しずつ浮かび上がってくる

貴船神社は絵馬の発祥地でもあるんですよ

朱塗りの灯籠にいざなわれ、石段を上がって本宮へ

貴《き》船《ふね》神《じん》社《じゃ》

所京都市左京区鞍馬貴船町180
Tel075-741-2016
営授与所9:00～17:00
休無休
交バス停貴船から徒歩5分
Pあり

こちらもCheck!

結社

和泉式部が参拝したのはこちら。縁結びのご利益から「恋の宮」とも呼ばれます。

奥宮

貴船川上流に構える貴船神社創建の地。本殿の真下に巨大な「龍穴」があるとか。

夏の京都のめぐり方④

川床でゆったり過ごす

貴船は「かわどこ」、鴨川は「かわゆか」または「のうりょうゆか」と呼んでいます。涼感たっぷりの川床で小粋なひとときを。

貴船の川《かわ》床《どこ》

エアコン要らず！京の奥座敷で夏の味覚に舌つづみ

貴船の川床のはじまりは大正時代。現在では貴船川沿いに十数軒の店が床を設えます。鴨川の納涼床は川からの高さがあるのに対し、貴船の川床は水面のすぐそば。自然を身近に感じ、せせらぎの音を聞きながら味わう料理は格別です。近年はカフェとして気軽に利用できるお店もあるので、ぜひ訪れてみては。

立ち寄るならこちら！

清涼感あふれる川床。ここちよい風に吹かれながら会席料理(14,520円)を味わいましょう。

ひろ文《ぶん》

所 京都市左京区鞍馬貴船町87
Tel 075-741-2147
営 11:00～14:30、17:00～21:30(LO19:30)
※雨天は川床中止
休 不定休　交 バス停貴船から徒歩10分　P あり

選ぶ料理によって異なる雰囲気が楽しめそう！

鴨川の川《かわ》床《ゆか》

時を超えて都を潤す鴨川にゆらめく灯りと京情緒

京都の川床でもっとも古い歴史をもつのが、鴨川納涼床。毎年5月1日から9月末までの間、二条通から五条通にかけて納涼床がお目見えします。鴨川西隣のみそそぎ川の上に設えた床席で味わえるのは、京料理や和洋中から多国籍まで多彩なジャンルの料理。対岸から幻想的な灯りを眺めるのも素敵です。

立ち寄るならこちら！

おなじみのスターバックスコーヒーにも川床が出現。朝カフェから一日をはじめるのもいいかも。

スターバックス コーヒー 京都《きょうと》三条《さんじょう》大橋《おおはし》店《てん》

所 京都市中京区三条通河原町東入ル中島町113 近江屋ビル1F
Tel 075-213-2326
営 8:00～23:00　休 不定休
交 京阪三条駅から徒歩2分　P なし

夏の京都のめぐり方⑤

京都五山送り火を観賞する

暑さがやわらぐ夜のおでかけも夏のお楽しみ。静かにともり、そっと消えゆく灯りを眺めながらこころしずまる夏の宵を過ごしてみては。

夏の夜空に浮かび上がる 儚くもやさしい灯り

8月16日に行われる京都五山送り火は、お盆に迎えた精霊を見送る伝統行事。京都の晩夏を代表する風物詩です。起源は定かではなく、かつてはもっと多くの山が送り火をともしていたそう。現在は、京の都を囲む山々に2つの「大」、「妙」「法」の文字と、船の形をした「船形」、鳥居の形をした「鳥居形」が浮かび上がります。送り火のトップバッター、如意ヶ嶽の「大」を眺めるなら、鴨川に架かる賀茂大橋付近がおすすめ。京都屈指の展望スポット、船岡山《ふなおかやま》では鳥居形をのぞく送り火が一望できます。

京都五山送り火観賞の3つのポイント

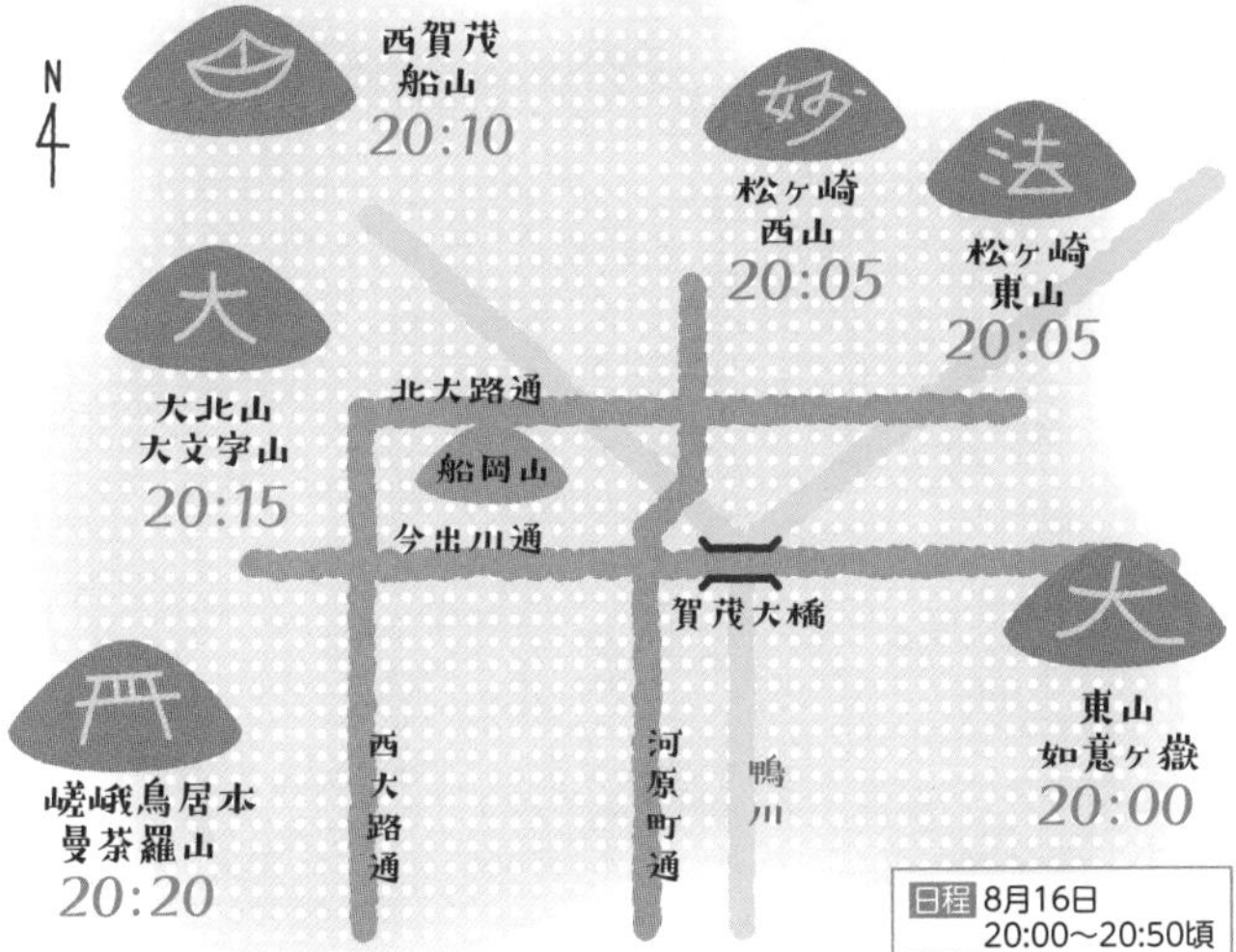

日程 8月16日
20:00〜20:50頃
料金 無料

1 東側から順に点火！

東から「大文字」「妙・法」「船形」「左大文字」「鳥居形」。夜8時、如意ヶ嶽に「大」の文字が浮かび上がり、順に夜空をやさしく照らしていきます。

2 鳥居形だけ色が異なる!?

送り火の割木にはアカマツを使用しますが、なかでも鳥居形では、松ヤニが多い根っこの方を使います。そのため、鳥居形の炎は他の山々と比べ、より赤に近い色になるのだそうです。

3 護摩木の受付も！

京都五山送り火の各山では、事前に護摩木《ごまぎ》の奉納を受け付けるところもあります。願い事を書いた護摩木は送り火で焚《た》かれます。願いを護摩木に託して、送り火のやさしい灯りを眺めましょう。

＼ホームズさんが教える！／

夏の京都豆知識

夏の京都の行事食って？

1年のちょうど折り返しにあたる6月30日は「夏越《なごし》の祓《はらえ》」。前半年の災厄を祓い、後半年も健やかに過ごせるようにと願う日です。この日にいただく和菓子が「水無月《みなづき》」。宮中の暑気払いの行事にちなんだもので、三角形は冷凍庫のなかった時代、冬の氷を夏まで保存した氷室の氷を表しているそうです。上にのせた小豆は、厄除けのご利益があるとか。

京の夏の代名詞・祇園祭の行事食といえば、「鱧《はも》」。鱧は梅雨の水を飲んでおいしくなるといわれ、祇園祭の頃に旬を迎えます。鱧の落としやお吸物、鱧寿司など鱧尽くしの料理でお祝いすることから、祇園祭には「鱧祭」という別名もあるんですよ。ちなみに、小骨の多い鱧にシャリシャリと包丁を入れていく「鱧の骨切り」は、熟練の技が必要。淡泊でありながら味わい深い、鱧。今度の夏は、旬の鱧料理を味わってみてくださいね。

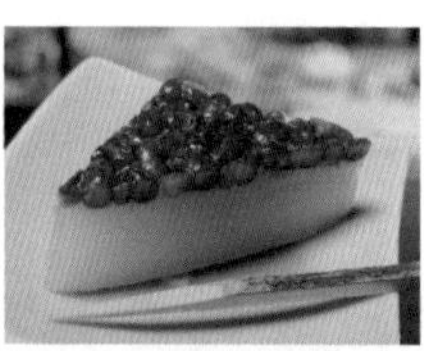

水無月。小豆の下の生地には、プレーンや抹茶、黒糖味もある

鱧は生命力が強いことから、滋養がつくともいわれてきた

秋人　よっしゃー、ようやく俺様登場！
清貴　相変わらず、お元気そうで何よりです。
秋人　おっ、噂の『京都人の嫌味』ってやつか？
清貴　分かっていただけて良かった。あなたの大きな声が耳に痛いんですよ。もっと落ち着いていただけませんか？
秋人　いきなりストレートに来たな。親友の俺には本音を隠せないんだな。
清貴　……いつのまに親友になったんでしょう？
秋人　それはそうと、次の話は、なんと、俺とホームズ、二人だけのエピソード！
清貴　まぁ、そうですね。
秋人　そういや、いつ頃のことだ？
清貴　祇園祭が終わって、少し経った頃でしょう？
秋人　いやぁ、懐かしいなぁ。ホームズって、あの頃から全然変わんねぇのな。
清貴　そうでしょうか？　内面的には大きな変化がありましたよ。
秋人　ん？　なんか言ったか？
清貴　いえ、なんでもありません。それでは、あの頃の夏のお話を――。

第三話　あの夏の夜の後に……

＊

家頭清貴はいつものように、寺町三条の骨董品店『蔵』にいた。

カウンターの中に入った状態で帳簿をつける——振りをしながら大学の勉強をしていると、店の扉が勢いよく開き、カランッ、とドアベルがやや乱暴な音を立てた。

「ちーっす」

明るい髪色に、顔立ちだけは良い男が、額の上でピースサインをして、ニッと白い歯を見せて笑っている。

「秋人さん……もっと静かにドアを開けてもらえませんかね？」

彼の名前は、梶原秋人。今売り出し中の俳優だ。

悪ぃ、と彼は悪びれずに言って、カウンター前の椅子に腰を下ろす。

「近くまで来たから寄ったんだ。お前のコーヒー飲みたくなって」

「ここは喫茶店ではないのですがね」

と、清貴は肩をすくめた。そう言いながらも、コーヒーを淹れるのは趣味だ。

自分が淹れたコーヒーを美味しいと思ってもらえるのは、嬉しくもあった。

そのため不満げな様子を見せながらも、「少々お待ちください」と、素直に給湯室に入り、コーヒーを淹れ始める。


どうぞ、と秋人の前にコーヒーが入ったカップ&ソーサーを出すと、彼は「サンキュー」と嬉しそうに言う。すぐにカップを手をして、コーヒーを口に運んだ。

「やっぱ美味ぇ。夏の暑い盛りに、美味いホットコーヒーも悪くないもんだよなぁ」

「それは同感ですね」

清貴は微笑んで、自分もコーヒーを飲む。

「そうそう、ホームズに訊きたいこともあったんだよ。事務所の先輩に『オススメの川床を教えてくれ』って訊かれてよ。俺、一度も行ったことがないから分からなくて。ホームズ、どっか良い店知らねぇ？」

前のめりになって訊ねる秋人を前に、そうですね、と清貴は腕を組む。

「『川床』ですから、貴船ですよね？」

そう問われて秋人は、いやいや、と首を振った。

「違う違う、鴨川の川床だよ」

すると清貴は、ふぅ、と肩を落とした。

「なんだよ？」

「京都市外の人が言うならさておき、地元の人間が鴨川の床を『川床』と言うのは感心しませんね」

「え、あそこ、川床じゃねーの？」

「鴨川の床は、『納涼床』です。地元の人間は『床』と省略して呼ぶことが多いです」

「そんじゃ、『川床』っつーと、貴船ってわけだ？」

ええ、と清貴はうなずく。

「『川床』といえば貴船、そして高雄《たかお》ですね」

「あー、高雄か。たしか、神護寺《じんごじ》の方だよな」

京都の北西に高雄はある。清貴は、そうです、と答えて話を続けた。

「貴船の川床は、貴船川の上に床が張られていて、大変清涼感があり真夏でも涼しいんですよ。高雄の川床は清滝川のせせらぎを感じながら食事を楽しむことができます」

ふむふむ、と秋人は相槌をうつ。

「話を戻して鴨川の床ですが、オススメと言われても和食洋食中華と様々なジャンルの飲食店があるので、ガイドブックなどを参考にした方が良いと思いますよ？」

「まー、たしかにな。ちなみにお前のオススメは」

「いろいろありますが、坂本龍馬が愛した水炊き屋さんはオススメですね」

ふむふむ、と秋人はメモを取る。

ちなみに、と清貴は注意を促すように人差し指を立てた。

「納涼床のランチは、五月と九月しか営業していない場合があるので、気を付けてくださいね」

「えっ、なんでだ？」

「暑すぎるからでしょう」

あー、と秋人は瞬時に納得し、ちらりと窓の外を眺めた。

「炎天下でランチとか無理だよな。しっかし連日暑いよな」

「もうすぐ八月ですからね」

「大学は夏休みに入ってるんだろ？」

「ええ、一応」

院生の多くは休みなど関係なく大学に詰めていますが、と清貴は付け加える。

「どーせ、お前の場合は夏休み中ずっとこの店にいるんだろ？」

「いいえ、八月いっぱいは、ヨーロッパに行ってますよ」

へっ、と秋人は目を瞬かせる。

「よーろっぱ？」

「毎年恒例なんですが、夏休みは海外へ行くんですよ」

「なんだそれ、セレブすぎだろ」

「いえいえ、これも仕事なんです。海外の美術館をまわったり、美術品の買い付けをするんですよ」

「そういって女と一緒なんじゃねーの？　このイケメンがよぉ」

「それが、残念ながら僕は祖父のお供でして」

「なんだオーナーとか。それはちょっと大変そうだな」

「はい。常に小間使いですよ。あの人は興味を持ったら、どこでも入っていこうとするので、目が離せませんし」

「想像つく。オーナーも元気だよなぁ」

「昨今の無気力な若者より元気かもしれませんね」

たしかに、と秋人は笑う。

「この前のあの夜、ここでみんなでワイワイできて楽しかったよなぁ」

秋人が言っているのは、祇園祭宵々山の夜、この『蔵』に皆が集まったことだ。

「葵ちゃんの浴衣姿も可愛かったよな」

しみじみとそう続けた秋人に、清貴は何も言わずに頷く。


今年の祇園祭は、いろいろなことがあった——。

清貴が以前付き合っていた女性、つまりは『元カノ』の和泉《いずみ》は、突然この『蔵』にやって来て復縁をほのめかした。

なんの因果か、葵も元カレに再会するという事態に陥っていた。

葵は埼玉からこの京都にやって来た。

以前の学校では交際していた彼氏がいたのだが、葵が引っ越したことで遠距離恋愛になった。だが、それは長くは続かず、葵は彼氏に振られてしまう。

それは彼女も『仕方がない』と受け入れていたようだが、自分の親友と交際を始めたと知り、葵の胸は騒いだ。

彼氏だった男と親友が交際を始める。

遠距離になり、心の距離ができてしまうのは、よくある話だ。近くの者に心を奪われて、破局してしまうというのもよく聞く話。

葵も相手が親友じゃなければ、話は違っただろう。

——きっと、こう考えたのだろう。

親友は自分がいなくなって、彼と親密になった。親友は彼を実は想っていて、自分がいなくなるのを知って、喜んでいたのではないか。

あの時の言動のすべてが、嘘だったのではないか——。

葵は結果的に、彼氏と親友を失ってしまったのだ。

一方、その彼氏と親友には、後ろめたさがあった。

そのため学校行事で京都を訪れることになった際、彼らは元クラスメイトたちに頼み込んで葵を呼び出し、大勢の前で二人揃って謝罪したのだ。


「——卑怯やな」

思わず、そんな言葉が口をついて出た。

秋人は「えっ」と弾かれたように顔を上げる。

「卑怯って、俺が?」

「あ、いや。知り合いの話なんですが、自分を裏切った相手が友達を使って呼び出してきたそうなんです。そして大勢の前で謝罪してきたとか。そのことをふと思い出しまして」

　このタイミングでそんなこと思い出すか？　と秋人は笑いながら、「まぁなー」と、頬杖をついた。

「大勢の前っていうのはちょっとずりぃよな。謝罪もそうだけど、告白とか、プロポーズも、相手の気持ちが百パーＯＫなら素敵な思い出だけど、そうじゃなかったら、なかなかの地獄だろ」

　ですよね、と清貴は答える。

　特に友人に周りを囲ませて、頭を下げてくるというのは卑怯なやり方だ。

　謝られた方はどんなに思うことがあっても、取り繕って許さなくてはならない。

　本当に心から謝罪したいならば、誰もいないところで真摯に伝えるべきだ。

　あの時、嫌な予感がしていた自分は和泉とのやりとりもそこそこに、『用事がある』と言って、店を出た。

　待ち合わせは、その学校の生徒たちが滞在しているホテルと聞いていた。

　ロビーに足を踏み入れると、予感は的中。

　葵は文字通り、針の筵に座っていた。

彼女の力ない背中、泣き出しそうな目を思い出すと、彼らに対して怒りが混み上げてくる。本当に、他のやり方はなかったのか、と。

こうなると自分はとことん厭らしい。

『目には目を、姑息には姑息を』だ。

自分の持つ武器をすべて使って、相手を威圧し、葵をその場から連れ去った。

その後も、無理して笑顔を浮かべている葵の姿がいじらしく、『無理して笑わんでもええ』と少し乱暴に言ってしまった。

堰を切ったように涙を流す葵を抱き寄せて、その頭を撫でた。

あの夜のことを思い返すと、形容しがたい気持ちになる。

何より他人のことであんなに怒りを感じた自分に対して、不思議でもあった。

失恋した境遇が似ていたからなのだろうか？……もしかしたら自分も何食わぬ顔で訪れた和泉に対し、怒りを覚えていたのだろうか？

いや、と清貴は微かに目を伏せる。

あの時、和泉に抱いた感情は、怒りではなかった。

和泉は合コンで知り合った男と即座に深い仲になり、自分の許を離れた。

彼女がキスよりも先に進まないことに不満を感じていたのは知っていたが、そんなにあっさり乗り換えられるほどだとは思っていなかった。日頃、観察力・洞察力に優れていると周囲の人間に言われ続け、『ホームズ』などと呼ばれている自分の彼女がだ。

　ぽっと出の男に彼女を寝取られる。

　それは、人生において五指に入るほどの衝撃だった。

　だが、数年経ち、その男と婚約したという噂を聞いた時、自分は救われた気持ちになった。

　そうか、それほどまでに深い縁があった相手だったんだ、と。

　自分は和泉に告白されて交際に至ったが、結婚を考えたことは一度もなかったからだ。

　和泉だからというわけではなく、『結婚』そのものに興味がなかった。誰かと一生添い遂げるなんて、想像がつかない。

　自分はそんな男なのだ。それならば、振られても仕方ない。

　和泉は早くに運命の人と出会い、その手を取ったのだろう。

　祝福の念すら抱いていたのに、和泉はふらふらと自分の前に現われて、復縁を求めた。

　もちろん多少の優越感はあったが、がっかりする気持ちの方が大きかった。

　そこに怒りはなかったように思える。

「なぁ、宵々山《よいよいやま》の夜、俺たちが来る前、葵ちゃんに何か言われたりしてたんじゃね？」

秋人の言葉に、清貴は「えっ？」と小首を傾げる。

「ここに二人きりでいたんだろ？　『ホームズさん、好きです』とか告られたりしたんじゃねーの？」

秋人は頬杖をついた状態で、にやにや笑っている。

まさか、と清貴は肩をすくめた。

「葵さんは、僕なんて眼中にないですよ」

「えっ、そうか？」

ええ、と清貴は微笑む。

彼女の心は、別れた彼に向いていたのだ。

あの出来事を境にふっきれたとは言っていたけれど……。

「ま、でも、まだ高校生だもんな。葵ちゃんが恋をするなら同世代か」

「きっとそうでしょうね」

同じ高校で、また心を寄せる人に出会うのだろう。

「葵ちゃんは、高校二年生の夏休みかぁ。いっぱい夏を満喫するんだろうなぁ。カラオケで合コンしたり、海や花火大会に行ったり、楽しそうだなぁ」

話を聞きながら、自然と清貴の眉間に皺が寄る。

その間、自分は日本にいないのだ。

秋人が言うように、葵は見知らぬ異性と夏を満喫するのだろうか？

そう思うと、どうしてか、もやもやが広がる。

「夏が終わる頃には、葵ちゃんもすっかりオトナになってたりして……」

清貴は気が付くと手を伸ばしていた。そのまま秋人の顔をつかみ、指に力を込める。

「痛い痛い痛い。なんでいきなりアイアンクロー」

「葵さんは、うちの大事なバイトですよ。そういう下卑た妄想はやめていただけませんか？」

「前から思ってたけど、お前は葵ちゃんの保護者かよ」

その言葉を聞き、清貴は手を離した。

「保護者……」

あー痛かった、と秋人はこめかみを撫でている。

「一人っ子だから、妹ができたみたいで嬉しいんだろ」

なるほど、と清貴は小さく手を打った。

ふとした時に胸が詰まったり、自分のことのように怒りを感じたり、もやもやしたりと、
彼女に対して抱いていた説明しにくいこの感情。

図々しくも自分はすっかり兄のような気分でいたのかもしれない。

少し安堵の念を募らせながら、そうですね、と清貴は胸に手を当てた。

「兄のような気持ちに近いのかもしれませんね。いや、兄というより……」

「うん？」

「最近、葵さんに古美術のレクチャーをしているんですよ。とても熱心で一生懸命なんです。その姿を見ながら勝手に師匠気分でいるといいますか」

「あー、なるほどな。可愛いお弟子ちゃんなわけだ」

「ですね。まぁ、師匠なんておこがましい話ですが」

「どーする？　その可愛いお弟子ちゃんに、チャラい彼氏ができたら」

「それとなく忠告しますね。秋人さんタイプの男性は大変ですよ、と」

ひでぇ、と秋人は笑う。

「そんじゃあ、非の打ち所がない男なら認めるんだ？」

そう問われて、言葉に詰まった。

「認めるも何も……実際は僕は赤の他人ですし、葵さんにとっては迷惑な話ですよね」

そう言うと、秋人は「だな」とうなずく。

「でもよ、葵ちゃんは真っ直ぐな子だから悪い男に騙されたり、暴走しないか、俺としてはちょっと心配だな……」

「その時は、やはりお節介ながら目を覚まさせるのに尽力します」

そう言いながら清貴は、葵が初めてここを訪れた日のことを思い出す。

そのひたむきさゆえに彼女は過ちを犯した。

眉を顰める者もいるだろうが、そもそも自分は、人は誰しも完璧ではないと思っている。人は間違いを犯すものだ。

だから人間の真意を測る際、過ちよりも犯してしまった後の行動を見ることが多い。

彼女は自らを省みて、いつも一生懸命だ。

自分が彼女を応援したいと思ったのは、醜さもひたむきさも全部見せてくれたからなのだろう。だからこそ思う。次こそは――、

「素敵な恋をしてもらいたいと思っています」

葵が誰かと寄り添っている姿を想像して、またもやもやした想いが広がり、清貴はそっと目を細めた。

これはまだ、清貴が自分の気持ちに気付く前のこと。

彼が自分の恋心を自覚するのは、もう少し先のお話――。

秋人　うんうん、あの頃のホームズはこんなふうに思っていたわけだ。新鮮だなぁ。
清貴　……なんとなくイラッとしますね。
葵　こんにちは、秋人さん。遅れてすみません。
秋人　おー、葵ちゃん、待ってた。次は葵ちゃんの特別な話なんだよな？
葵　はい。私が、はじめて『蔵』でバイトを始める日なんです。
秋人　つまりは、『バイト初日』ってことか。
清貴　そうです。小説ではお店にお誘いするところから話が始まっているんですが、思えばバイト初日のエピソードは、本編にはないんですよね。
秋人　おっ、そりゃ楽しみだな。
利休　僕はまったく楽しめないけどね。
秋人　おお、利休、いつの間に……。
利休　さっ、早く進めてよね。
葵　ええと、それじゃあ、バイト初日のお話です。どうぞよろしくお願いいたします。

第四話　葵がはじめて『蔵』にバイトに来た日

『……葵さん。もしよかったら、ここで働きませんか？』

京都寺町三条にある骨董品店『蔵』を訪れた私は、そこで出会った若き店長にそう言ってもらえた。

私はまるで天の啓示を受けたような気持ちで頷き、バイトを始めることになったのだけど……。

一言でバイトを始めるといっても、そんな簡単な話ではなかった。

まずは、両親を説得し、学校に許可を取らなくてはならない。

我が大木高校は基本的にバイトを禁止している。

だが、『家庭の事情』であったり、『自らの学びのため』のバイトであれば許可してもらえるのだ。

不思議な縁でつながった骨董品店『蔵』で何かを見付けることができたらと思った私は、両親に『自分の学びになるバイトだと思ったから、どうしてもやりたいの』と意気込んで伝えたのだ。

すると両親は、『バイトも社会勉強になるし、いいと思う』と、想像していたよりもあっさり承諾してくれて、学校に提出する書類にもサインをしてくれた。

学校に許可されなければ、諦めようと思っていたのだけど、バイト先が骨董品店ということもあってか、こちらもすぐに許可が下りた。

そうして私は骨董品店『蔵』でバイトを始められることとなったのだ
『勉強をおろそかにしないようにね』と、母に釘を刺されてしまったけれど……。

これらの一連の流れはとてもスムーズに進み、『蔵』の若き店長・家頭清貴さんに声を掛けられてから四日後の週末には、バイトの初日を迎えていた。

＊

「――緊張する」

朝九時四十五分。私は自転車を御池通の駐輪場に停めて、寺町通のアーケードを南に向かって歩いていた。

京都では、南に向かうことを『下がる』と言うらしい。

逆に北に向かうことは『上がる』。

京都の住所で『上ル』『下ル』というのは、とても難解なように思っていたけれど、『あの道を南に曲がるとあるよ』ということであり、実は分かりやすいらしい。

まだ私は、『分かりやすい』という域には達していないのだけど。

それはさておき、生まれて初めてのバイト。

店に入るなり、『え、本気にされていたんですか？』という顔をされてしまったらどうしよう。

あの美形店長の冷たい視線を想像して、私は自分の体を抱き締める。

いやいや、一昨日、店に電話をして学校の許可が下りたことを伝えたら、『それでは今度の土曜日、空いていたら来ていただけますか？』と言ってくれたのだ。

声も穏やかだったし、大丈夫なはず……というか、あの美青年店長は声まで素敵で、ドキドキを通り越して、感心してしまう。

「……着いた」

一見小さな店構えの骨董品店『蔵』を前に私は足を止めた。

ドアには『ＣＬＯＳＥＤ』の札がかかっていて、カーテンも閉められている。

どうやら、まだ開店前のようだ。

ごくり、と喉を鳴らして、私はドアノブに手を掛けた。

鍵が掛かっていたらどうしようと思ったが、カランとドアベルが鳴って扉が開いた。

あの日、圧倒された骨董品の品々には、白い布が掛けられていて、閉められたカーテンの隙間から外の光が射しこんでいる。

人の気配がなく、オロオロと店内を見回していると、階段から足音が聞こえてきたので、私は弾かれるように顔を上げた。

「おはようございます、葵さん。今日からよろしくお願いいたします」

階段の手すりに手を載せて、にこやかに微笑む若き美形店長。

白シャツに黒いベスト、黒いパンツ、腕にはアームバンドが付いている。

その様子は、まるで格式高いお屋敷の執事のようだ。

「お、おはようございます、店長。今日からよろしくお願いいたします」

私は緊張に声を上ずらせながら、深く頭を下げた。

すると彼は、ぷっ、と笑う。

どうして笑ったのか分からず、戸惑いを感じていると、

「葵さん、僕は『店長』ではないんですよ」

そう言って、彼は愉しげに目を細めた。

私は、えっ、と目を瞬かせる。

「そうだったんですか？」

「ええ、僕はまだ大学院生ですし」

そう、彼は京大の院生なのだ。

とはいえ、学生兼店長だと思い込んでしまっていた。

「それじゃあ、ここでバイトを？」

「バイトと言いますか、僕の祖父がこの店の経営者なんです」

「それでは、お祖父様が店長？」

「といいますか、祖父は鑑定士でその仕事が忙しく、ほとんど店にいないんですよ。そのため、僕と父が交代で店番をしています。ですので、父が『店長』と呼ばれていますね。ちなみに経営者の祖父は『オーナー』と呼ばれています」

経営者は彼のお祖父様で、通称『オーナー』。

彼のお父様が『店長』。

私は、うんうん、と相槌をうつ。

「お母様もお店の手伝いに来られるんですか？」

「母は、僕が幼い時に亡くなっていましてね。祖父に父に僕と家頭家は男ばかりなんですよ」

微笑みながら答えるホームズさんに、私は「あ」と言葉が詰まった。

「ごめんなさい」

申し訳なさが募って、私は目を伏せる。

「いえいえ、謝ることではないですよ。そうそう、『店長』と呼ばれているうちの父ですが、本業は作家で、この店にいる時はカウンターで原稿を書いてばかりいるんですよ」

さらりと話を逸らす彼に、私は救われた気持ちで顔を上げる。

「この店はあまり人が入って来ないんですが、それでも留守にするわけにはいかないので、店番をしてくれる方がいてくれたらとても助かるんですよ」

僕も大学がありますし、と彼は続ける。

彼は学生で、父親は作家で、祖父は鑑定士。それぞれに本業がありながら、この店を運営しているとなると、人手不足は当然だろう。

「私も、学校が終わってからの時間と土日しかバイトに入れないのですが……」

「十分ですよ。学校のある時間は、父が店番を務めますし。ですが、ご自身の用事がある時は遠慮なく仰ってくださいね」

ホームズさんは話しながらカウンターの方に行き、引き出しから封筒を出した。

「この中にバイトの雇用契約書が入っていて、時給のことなどが書いてあります。家に帰ってからよく読んで、問題がないようでしたらサインと捺印をしてきてください」

「あ、はい」

私は封筒を受け取って、バッグの中に入れた。

「店内では店員と分かるよう、エプロンを身に着けてください」

続いて彼はカウンターの上に綺麗にアイロン掛けされたエプロンを出した。

「バッグは、給湯室の奥にロッカーになる戸棚がありますので、そこに入れておいてください」

はい、と頷いて、私はエプロンを手にカウンター奥の給湯室に入る。

ガス台にヤカン、茶筆筒にカップが並んでいるのを見ながら、いそいそとエプロンを身に着ける。

エプロンにポケットが付いていたのでそこにメモ帳とペンを入れて、戸棚にバッグをしまった。

てっきり、彼が店長だと思っていたけれど、そうではなかったんだ。

お祖父様が『オーナー』で、お父様が『店長』。

それじゃあ、彼のことはなんて呼んだら良いのだろう？

『家頭さん』と呼ぶのが自然だろうけど、オーナーも店長も『家頭さん』だし……。

実はあの時から心の中で『ホームズさん』って呼んでいるのだけど、さすがにそれは駄目だろう。

そんなことを考えながら、私が給湯室を出ると、彼は骨董品や棚に掛けられた白い布を取り外していた。

「あ、これを外すんですね？」

「ええ、よろしくお願いします。品物を倒さないように気を付けながら、そっと取り外していただけると」

「は、はい」

そう、ここには高価な骨董品がたくさんあるのだろう。

乱暴に布を引っ張って、壺や茶碗を倒してしまっては一大事だ。

一気に緊張感が生まれて、私は息を呑みながら、そろそろと布を外す。

「気を付けてくださいと言いましたが、そんなに緊張されなくても大丈夫ですよ。そもそも、『壊れたら一大事』という高価な品は剥き出しにしていませんので」

くすりと笑う彼に、私の頬が熱くなる。

壊れたら一大事という品とは、まさしくあの茶碗だろう。

私は、ちらりとガラスケースの中にある茶碗に目を向けた。

桃山時代の国宝だと言っていた志野の茶碗。

『値段にすると、六千万と言ったところでしょうか』

そんな彼の言葉が思い出されて、ぶるりと体が震えた。

六千万って、あらためて考えるとやはりすごい値段だ。

これ一客で家が買えてしまうのだから。

何より、そんな大金を茶碗に使う人がいるのだから――。

「まぁ、人の価値観はそれぞれですので」

背後でつぶやいた彼に、私の肩がぎくりと震えた。

「ど、どうして、そうやって分かるんですか？」

「高価なものは剥き出しにしていない、と言ったら、あなたは以前僕が高価だと伝えた志野の茶碗に視線を移しました。そこで、少し眉を寄せて首を傾げられた。それはおそらく『この茶碗がどうして？』もしくは『この茶碗にそんな価値を感じる人がいるなんて』と疑問に思われているのではないかと感じましてね」

その通りです、と私は息を呑む。

「葵さんは、この店の中で他に気になったものはありますか？」

そう問われて、ふと、金髪のアンティーク・ドールの姿が頭を掠めたものの、それは口に出さなかった。

あれは、高価に思ったのではなく、『怖い』と感じてしまったからだ。

ええと、と洩らして、私は店内を見回す。

棚の奥に置かれているボウル状の食器が、目に留まった。

全体に赤が印象的であり、その中に描かれた青い鳥や花がとても美しい。

「これは、とても素敵ですね」

「葵さんは、この鉢にどういう印象を持ちますか？」

そう問われて、私は一瞬言葉に詰まりながらも、ジッとその鉢を見詰めた。

「私は今、中華王宮のファンタジー小説を読んでいるんですが……」

少し気恥ずかしそうに話し始めると、彼は少し興味深そうな目を見せた。

「そうした、古の中国の王宮にありそうだと思いました」

牡丹の花が咲き誇る中、鳥たちが歌い、胡弓《こきゅう》の調べが聴こえてきそうな気がする。

「その中華王宮というのは、大体、いつ頃の話なのでしょうか？」

突っ込んで問われて、ぎょっとした。

「ファンタジーなので、いつかはハッキリ分からないですけど、なんとなく『清』の時代あたりをイメージして読んでました」

彼は、ふむふむ、と頷いて、口角を上げる。

「やはり、あなたはなかなか良い目を持ってらっしゃる」

私はぽかんとして、彼を見た。

「こちらは『呉須赤絵《ごすあかえ》』の鉢です」

「『呉須赤絵』？」

「十七世紀の初頭――『清』の時代に、中国福建省の漳州窯《しょうしゅうよう》という窯で焼かれたものですね。あなたのイメージした通り、もしかしたら王宮にあったかもしれませんね」

「……それでは、これはもしかして、すごく良い品なんですか？」

「ええ。良い品ですよ」

「これは、売り物なんですよね？　おいくらで販売しているんですか？」

値段はどこについているのだろう、と私は首を伸ばして訊ねる。

「五十万です」

値段を聞いて、私は驚いて振り返った。

「五十万って、これは剥き出しですけど、大丈夫なんですか？」

「大丈夫ですよ」

と、彼はなんでもないことのように答えて、微笑む。

まるで、神経質になるほどの品ではないとでも言いたげだ。

たしかに、志野の茶碗の六千万に比べたら、桁が違うかもしれないけど……。

私が絶句していると、彼は弱ったように笑う。

「もちろん、こちらも高価な品だと思っておりますよ。ですが売り物をすべてケースに入れておくわけにはいきませんので。ちなみに志野の茶碗は展示をしているだけで、売り物ではないんですよ」

「っ！」

またも考えていることを悟られて、さらに私は目を見開いた。

「ところで、その中華王宮ファンタジーとは、どういう話なんですか？」

「絢爛豪華《けんらんごうか》な大奥の世界の話なんです」

「ドロドロしているんですか？」

「それが、そうでもないんですよ。主人公がスパイの男の子なので」

その言葉が意外だったのか、彼はぱちりと目を開く。

「主人公が、宦官《かんがん》ということですか？」

「違うんです。主人公は聡明な美少年で、側室になった大好きな姉の身を案じて、男子禁制の王宮に女装して潜入するんです。そこで起こった不可解な事件を解決していくという話でして」

「面白そうですね。でも、それでは、中華王宮ファンタジーではなく、ミステリーなのでは?」

「あ、そうかもです」

彼は小さく笑い、自らの目尻に指先を当てて、私を見た。

「葵さん、目が少し赤いですが、もしかして、昨夜は夜遅くまでその本を読んでいたのですか?」

「あ、はい。明日がバイト初日かと思うと緊張して、なかなか眠れなかったので、ついつい本を……」

早くにベッドに入ったんですが寝付けなくて、と私は肩をすくめる。

「葵さんは、本当に真面目な方なんですね」

『真面目』と言われて、胸がチクリと痛くなる。

私は、死んだ祖父の遺品を家族に黙って持ち出して、ここに売りにきたのだ。

真面目でも良い子でもない。

私の人生で、初めて犯した大きな罪。

彼はそんな私の罪をよく知っているのだ。


「あの……」

そっと口を開いた私に、彼は、はい、と視線を合わせる。

ここに来たら、最初に言いたかったことがあった。

「私は真面目なんかじゃないです。悪い人間です。家族の宝を勝手に持ち出してここに来ました。そんな私ですが、ここにあるお店の品を持ち出すようなことは、絶対にしませんので……だから、その、心配されるかもしれないんですが……」

どうかよろしくお願いいたします、と言いたいのに、言葉が続かない。

目頭が熱くなって、胸が詰まって何も言えない。

「……分かっていますよ」

優しく言ったホームズさんに、私は戸惑いながら顔を上げる。

「『仕方がない』と、あの時、あなたは仰ったでしょう?」

えっ、と私の声が掠れた。

「彼に別れを告げられた時の気持ちを、あなたは『仕方がない』と言っていた」

──私……その時は仕方ないなって思ったんです。彼は埼玉でなかなか会えないし、気持ちが離れても仕方ないなって……。すごくつらくて、悲しかったけど……。

自分の言葉を思い返して、私は無言で頷く。

「あなたは、いつもそうして我慢をしてきたのでしょう。何かが起こっても『仕方がない』『自分さえ我慢すればいい』と。京都に引っ越すことが決まった時も、本当は、彼や友人たちと離れたくなかったはずです。ですが、あなたは文句の一つも言わず、『仕方がない』と自分に言い聞かせて、受け入れたんですね？」

ごくり、と私の喉が鳴った。

「葵さんは、おそらく長女──長子なのではないでしょうか？」

突然そう言われて、私は驚きながら頷く。

私には、弟が一人いる。

「どうして？」

分かるんですか？　と、声にならない声で尋ねる。

「あなたの『仕方がない』の根本は、育った環境にあるのではないかと思いまして。幼い頃から、『お姉ちゃんだから、我慢しなさい』と言われることも多かった。真面目なあなたは、疑問にも思わず、それに従ってきた。あなたのように我慢を重ねられた方こそ、その限界を超えた時、驚くようなことをしてしまうものです」

ホームズさんは腕を組んで、話を続ける。

「…………」

彼の言う通りだ。生まれ育った埼玉を離れたくはなかった。

京都になんて、引っ越したくなかった。

だけど、祖父が亡くなって、祖母を一人にするわけにはいかない。

長男である父が『京都に転勤希望を出しても良いか？』と訊いてきた時も、その後に『転勤が決まった』という報告を受けた時も、私は笑顔で頷いた。

弟は、『嫌だ』とゴネたけど、私はそんな弟を宥《なだ》めたんだ。

本当は私こそゴネたかった。彼と離れたくなくて、仲良くしている友人たちと離れたくなくて、がんばって入学した高校を離れるのも嫌だった。

それでも、『嫌だ』とは一言も口にしなかった。『仕方がない』と思っていた。

ううん。言い聞かせていたんだ。

——本当に、彼の言う通りだ。

私は、ギュッと拳を握り締めた。

「京都は余所者にはなかなか厳しい土地のようですし、引っ越したもののあなたはしっかり馴染むことができなかった。そんなあなたにとって埼玉に住む彼や親友と連絡をとることは、何よりもの救いであり、癒しだったのではないでしょうか？」

あまりに的を射ていて、言葉が出ない。

京都に住んで上辺だけの友達もできたけど、くだらないことを言って笑い合えたり、学校帰りにファストフードに寄るような友達はなかなかできなかった。

家に帰って、親友や彼とメッセージのやり取りをするのが日々の楽しみで、自分の救いだった。京都に来てからも、自分の心は埼玉にあったのだ。

だけど、別れを告げられたんだ。

『ごめん、もう無理なんだ』

私は、下唇をそっと噛んだ。

「失恋は、誰しもにとってつらいものですが、身の置き場がなかったあなたにとっては、さらにつらい状況だったでしょう。けれど、また『仕方がない』と受け入れようとした。

そんな時に、友達から嫌な話を聞いてしまう。それは、『彼があなたと別れたあと、すぐに親友と付き合い始めた』という信じがたいニュースだった。彼と親友の存在が救いだったあなたにとって、こんなショックなことはない。だけど誰にも相談できなかった。親しい友達は側にいない、親にも泣き付けない。離れ離れになったことで、恋人と別れて親友も失ったことを伝えてしまって、親を責めることにもなってしまうわけですから。何よりあなたは、人の噂よりも自分の目で見たものを信じたい、しっかりと真実を確かめたい人間だった。『これは何かの間違いかもしれない。人の噂なんて信じられない』と、どうしようもなくなったあなたは――」

「やめてっ！」

気が付くと私は耳を塞いで叫んでいた。

シン、と店内が静まり返る。

「もう、やめてください……」

私は、ギュッと目を瞑る。口から出た私の声は掠れて、震えていた。

自分の胸の内をすべて悟られる。

まるで悪魔を前にしたようだ。

――怖い。

そっと目を開けると、彼は、本当に申し訳なさそうな表情を浮かべていた。

「失礼しました、つい……。こんなこと、他の人にはしないのですが」

なんでやろ、と彼は自分でも不思議というようにつぶやいて、

「葵さん」

と、優しい目で私を見詰めた。

「……ですから、僕は分かってますよ。あの時、あなたの心がどれだけ切羽詰まった状態だったのか、そして今どれだけ自分のしたことを反省しているのか。そんなあなただから、僕は声を掛けさせていただいたんです。あなたを疑う気持ちは微塵《みじん》もありません」

優しく強くそう言う彼の言葉に、私の目頭が熱くなる。

悪魔のような人だと思った。

だけど、そうではない。

膿んだ部分を浮き彫りにして、洗い流してくれる。

彼はそういう人なのかもしれない。

その証拠にこれまで『仕方がない』と喉の奥に溜めこんできたものが薄れて、少し楽になった気がした。

「……ありがとうございます、ホームズさん」

私は目に浮かんだ涙を拭って、頭を下げる。

「『ホームズさん』?」

彼は、ぱちりと目を開いた。

私は我に返って顔を上げ、慌てて首を振る。

「あっ、すみません。あの時そう呼ばれていたので、実はずっと心の中で『ホームズさん』って呼んでしまっていたんです。やっぱり『家頭さん』が普通ですよね？」

「たしかに『家頭さん』が普通ですね。……とはいえ、うちは皆、『家頭』ですからね」

「そうなんです。皆さん、『家頭さん』なので……」

呼んだら、みんな振り向いてしまうのではないだろうか。

彼は顎に手を当てて、うーん、と唸った。

「……僕の周りには上田さんをはじめ、僕を『ホームズ』と呼ぶ人が多いんですよ。ですので、どうぞお好きなようにお呼びください」

「上田さん以外からも『ホームズ』って呼ばれているんですか？」

「彼がキッカケではあるんですが、割とたくさんの人に面白がって呼ばれています」

弱ったような様子を見せながらも、彼にとって、『ホームズ』と呼ばれるのは、どうやら嫌ではないようだ。

「それは、やっぱり、シャーロック・ホームズみたいになんでも分かるからですよね？」

「いえ、苗字が家頭だからですよ」

ホームズさんは口の前に人差し指を立てて、ふふっと笑う。

「っ！」

その姿に私の頬が熱くなる。

「あらためて、これからどうぞよろしくお願いいたします、葵さん」

「こちらこそ、よろしくお願いいたします、ホームズさん」

互いに名前を呼び合って、私たちは顔を見合わせて、ふふっと笑う。

「それでは、店内の案内をしますので、来てください」

歩き出したホームズさんに、私は「はい」と笑顔でその後に続いた。

それは、骨董品店『蔵』でのバイト初日のとても小さな出来事。

そして、すべてが始まった特別な日だった。

秋人　へー、こんな感じだったんだな
清貴　懐かしいですね
葵　本当に、お恥ずかしい限りで……
利休　本当だよ。でもどうして、こんなわけの分からない人をと思ったけど、少し分かったかな。清兄って、剥き出しの人に弱いよね
葵　えっ、剥き出し？
利休　なんでもない
秋人　にしても、てっきり、『俺の店に来いよ』って壁ドンして誘ったかと思ってたよ
清貴　そんなわけがないでしょう
葵　あ、でも、ホームズさんに、壁ドンはされたことあります
利休・秋人　ええっ？
葵　それじゃあ、この後に秋の京都のオススメ、その後に『壁ドン』のエピソードを続けてお届けしたいと思います。よろしくお願いいたします

京都ホームズ的！

秋の京都のめぐり方

芸術にふれるのも
京都ならではの
過ごし方だよ

清水の舞台に立つ —— P.138

紅葉を楽しむ —— P.140

琵琶湖疏水について知る —— P.142

アート&近代建築を鑑賞する —— P.144

ちょっと足を延ばして —— P.148

ホームズさんが教える！秋の京都豆知識 —— P.150

アートな気分を引き連れて秋色が深まるまちを旅しよう。

京都がもっとも美しく彩られる季節、秋。刻一刻と変化する黄色や朱色の木々は、ほんのりと葉先が色づき始める頃から散り際まで、さまざまな表情で楽しませてくれます。京都が誇る社寺との競演も見事。うつろう季節ならではの魅力を見つけにでかけましょう。

「芸術の秋」を堪能できるのも、文化施設が多い京都ならでは。建築そのものが貴重

1.晩秋には紅葉のじゅうたんが覆い尽くす　2.どこまでもアーチが続く南禅寺の水路閣
3.びわ湖疏水船に乗って見上げる紅葉は別格の美しさ　4.京都市京セラ美術館のお庭は、七代目小川治兵衛が作庭に関わった

であることも多く、建物ごと芸術を感じられます。実は社寺も立派なアート空間。庭園や襖絵《ふすまえ》など歴史を紡《つむ》ぐ作品にふれてみませんか？

真紅に染まる紅葉は
京都の建築にも
よく似合うよ

秋の京都のめぐり方①

清水の舞台に立つ

世界遺産・清水寺の舞台には絶景ビューが待っている

京都屈指の人気スポット、清水寺《きよみずでら》。
国宝である本堂の舞台から、
秋色に染まる京のまちを眺めましょう。

京都の観光地としてもっとも有名なスポットともいえる、清水寺。そのはじまりは古く、今から1250年ほど前にさかのぼります。宝亀9（778）年に、奈良の僧侶・延鎮《えんちん》上人が音羽《おとわ》の瀧《たき》の近くにお堂を建て、十一面千手観音像を祀ったことがはじまり。のちに、坂上田《さかのうえのた》村《むら》麻《ま》呂《ろ》の寄進によって伽藍《がらん》が整えられました。現在の本堂は、江戸幕府・三代将軍徳川家光《とくがわいえみつ》によって再建されたもの。代名詞である舞台からは、京都のまちを一望することができ、特に秋は、真紅に染め上がる美しい錦《きん》雲《うん》渓《けい》を眺めることができます。

清水坂を上ると、朱色の仁王門が見えてくる

実は、僕が一番好きな
お寺なんですよ

飲めば、不老長寿・無病息災のご利益があるといわれる「音羽の瀧」

清《きよ》水《みず》寺《でら》

所京都市東山区清水1-294
Tel075-551-1234
営6:00～18:00(季節により異なる)
休無休
交バス停五条坂から徒歩10分
Pなし

縁結びの神様として親しまれる神社。2つの離れた石から石へと目を閉じてたどり着ければ、恋が叶うという「恋占いの石」が人気です。

地《じ》主《しゅ》神《じん》社《じゃ》

所京都市東山区清水1-317
Tel075-541-2097
営9:00～17:00
休無休
交バス停五条坂から徒歩10分
Pなし

こちらもCheck!
地主神社
恋占いの石

恋占いの石に願いを込めて
良縁に恵まれますように

秋の京都のめぐり方②

紅葉を楽しむ

お寺と紅葉が織りなす美しい景色。京都の紅葉の名所のなかでも、特に人気のスポットをご紹介します。

茜色に染まるもみじが大伽藍と見事に調和する

南禅寺《なんぜんじ》は、「京都五山之上」という別格にも選ばれている格式高い寺院です。臨済宗南禅寺派の大本山で、正式寺名は太平興国南禅禅寺《たいへいこうこくなんぜんぜんじ》といいます。亀山《かめやま》天皇の離宮を、天応4（1291）年、禅僧・無関普門《むかんふもん》を開山として禅寺に改めたのがはじまり。武家とのつながりが深かったことから、室町時代には「南禅寺の武家面《づら》」と称されたともいわれています。巨大な三門は、日本三大門のひとつで実際に上ることも可能。三門の上からは、茜色や黄色、朱色のグラデーションに染まる紅葉を見渡すことができますよ。

南禅寺の境内にある水路閣。琵琶湖疏水が流れる水路橋としての役割がある

南禅寺《なんぜんじ》

所京都市左京区南禅寺福地町
Tel075-771-0365
営8:40〜17:00(12月〜2月は〜16:30)
　※受付終了は20分前
休無休
交地下鉄蹴上駅から徒歩10分　Pあり

あの大泥棒・石川五右衛門は、本当に「絶景かな！」と叫んだ!?

「絶景かな！ 絶景かな！」で知られる大泥棒・石川《いしかわ》五《ご》右衛《え》門《もん》。三門に上ると、「あの五右衛門もこの景色を見たのかな」と思う方も多いかも知れませんね。でも、実は五右衛門はこの三門には上がっていないんです。では、このセリフは一体何かと申しますと、歌舞伎の演目『楼門《さんもん》五三桐《ごさんのきり》』に登場するもの。フィクションですが、こんなにも有名になった理由はやはり、この三門からの絶景にそれだけのロマンがあるからだと思いませんか？

ホームズさんと円生の対決の舞台といえば……！

こちらもCheck！

2つの窓を見つめて自分のこころと向き合おう

「禅と円通」を表す「悟りの窓」と、生老病死の四苦八苦を表す「迷いの窓」で知られる洛北のお寺。秋には息をのむほど美しい紅葉が、2つの窓に映し出されます。

源光庵《げんこうあん》

所京都市北区鷹峯北鷹峯町47
Tel075-492-1858
営9:00〜17:00※受付終了は30分前
休無休　交バス停鷹峯源光庵前からすぐ
Pあり(紅葉の季節は利用不可)
※修復工事のため拝観休止中。
　2022年4月拝観再開予定

秋の京都のめぐり方③

琵琶湖疏水について知る

紅葉とノスタルジックな史跡のコラボレーション

明治時代、京都の近代化の礎《いしずえ》となった琵琶湖疏水《びわこそすい》事業。秋の岡崎《おかざき》エリアでは、紅葉とともに、レトロな琵琶湖疏水の史跡を楽しむことができます。

南禅寺や永観堂《えいかんどう》など、紅葉の名所が点在する岡崎エリア。紅葉めぐりの際、ぜひ立ち寄りたいのが琵琶湖疏水の史跡です。琵琶湖疏水とは、滋賀県の琵琶湖から京都へとつながる水路のこと。地下鉄の蹴上《けあげ》駅から地上にでると、蹴上インクラインやねじりまんぽと呼ばれるトンネル、南禅寺の境内にある水路閣など、レトロな風情《ふぜい》ただよう史跡が迎えてくれます。さらに毎年春と秋には、「びわ湖疏水船」が運航。紅葉の彩りをたっぷりと満喫しながら、ゆるりと船旅を楽しむことができますよ。

水路と未来を切り拓いた、京都を救う明治時代の一大プロジェクト

琵琶湖疏水って？

明治維新によって、明治天皇が東京へ移ったことから京都は衰退の一途をたどってしまったんだ。そんな京都の復興をかけて、第3代京都府知事の北垣国道《きたがきくにみち》が取り組んだのが、琵琶湖疏水事業だったんだよ。

ねじりまんぽ

らせん状にレンガが積まれたトンネル。
蹴上インクラインの下を通過することができる

こちらもCheck!

扁額《へんがく》

琵琶湖疏水に関する各トンネルには、当時の政治家や文化人の思いが記された文字が書かれている

田邊《たなべ》朔郎《さくろう》像

琵琶湖疏水の工事担当に抜擢された田邊朔郎の像。当時大学を卒業したばかりだった

蹴上インクライン

船ごと台車に乗せて運んだインクライン。
フォトスポットとしても人気

琵《び》琶《わ》湖《こ》疏《そ》水《すい》ゆかりの史《し》跡《せき》など

所 京都市左京区南禅寺周辺
Tel なし
営 散策自由
休 無休
交 地下鉄蹴上駅からすぐ
P なし

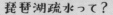

秋の京都のめぐり方④

アート&近代建築を鑑賞する

千年の都・京都が誇る宝物と向き合える場所

やっぱり京都は、「芸術の秋」がよく似合います。空間そのものにも芸術性を感じるアートなスポットに足を運びましょう。

明治以降、近代化の波の中で、消えゆく京都の文化財を保護するために誕生したのが、京都国立博物館です。明治30（1897）年に開館して以来、京都の社寺などの寄託品を含む、1万4千点を超える貴重なコレクションを守り続けています。実は、京都国立博物館が立つのは、豊臣秀吉《とよとみひでよし》によって築かれた方広寺《ほうこうじ》の敷地であった場所。さらに歴史をさかのぼると、平安時代末期には後白河《ごしらかわ》法皇の御所・法住寺殿《ほうじゅうじどの》の一部でもあったのだとか。こうしたエピソードからも、京都に根付いた施設であることが窺い知れますね。

まるで異国の宮殿のような意匠の表門。細部にまで注目を

表門や明治古都館は、
明治時代の建築家・
片山東熊《かたやまとうくま》による設計なんやで

公式キャラクターの
トラりん♪

こちらもCheck!

トラりんグッズも充実。
一筆箋はお土産としても人気

明治古都館をもっとも美しく眺められる、
噴水越しの風景

ロダンの『考える人』は
お庭に展示!

京《きょう》都《と》国《こく》立《りつ》博《はく》物《ぶつ》館《かん》

所京都市東山区茶屋町527
Tel075-525-2473(テレホンサービス)
営9:30〜17:00
※受付終了は30分前
休月曜(祝日の場合は翌日)、年末年始
交バス停博物館三十三間堂前からすぐ
P あり

秋の京都のめぐり方④

アート&近代建築を鑑賞する

歴史を感じさせる意匠にも注目　京都で愛され続ける美術館

本館は和洋折衷の
帝冠様式と呼ばれる
建築なんだよ

近年の大改修により、新しく生まれ変わった美術館。90年近くの歴史があり、長らく「京都市美術館」として愛されてきました。実は戦時中も閉鎖されることなく、作品を大覚寺《だいかくじ》などに疎開させたりして、京都の人たちによって大切に守られてきたのだとか。

本館の中心にある中央ホール。らせん階段が印象的

撮影：来田猛

撮影：来田猛

テラスから秋色に染まる日本庭園を眺めることができる

京《きょう》都《と》市《し》京《きょう》セラ美《び》術《じゅつ》館《かん》

所 京都市左京区岡崎円勝寺町124
Tel 075-771-4334
営 10:00～18:00※受付終了は30分前
休 月曜（祝日の場合は開館）、年末年始
交 バス停岡崎公園 美術館・平安神宮前からすぐ
P ありe

明治時代の建築家・辰野金吾《たつのきんご》による設計

京都府が所蔵する日本の古典・名作映画の上映も

赤レンガが印象的な京都の文化を紹介する博物館

近代建築が建ち並ぶ三条通のシンボル、京都文化博物館。多彩な特別展のほか、総合展示室では、京都ゆかりの品々を企画に合わせて紹介。またかつて日本銀行京都支店であった別館は重要文化財に指定されています。

京都《きょうと》文化《ぶんか》博物館《はくぶつかん》

所京都市中京区三条高倉
Tel075-222-0888
営10:00〜19:30(特別展は〜18:00、金曜は〜19:30)※受付終了は30分前
休月曜(祝日の場合は翌日)、年末年始
交地下鉄烏丸御池駅から徒歩3分　P なし

昔ながらの雰囲気が残る階段

紙芝居が口演されるコーナーもある

マンガ文化がぎゅっと詰まったノスタルジックな元小学校

昭和初期に建てられた小学校が、30万点ものマンガ資料が集結する施設へと生まれ変わりました。本を自由に読めるほか、先生方ゆかりの展示などがそろう、マンガ好きの聖地となっています。

京都《きょうと》国際《こくさい》マンガミュージアム

所京都市中京区烏丸通御池上ル(元龍池小学校)
Tel075-254-7414
営10:30〜17:30※受付終了は30分前
休火・水曜(祝日の場合は翌日)、年末年始、メンテナンス休館
交地下鉄烏丸御池駅からすぐ　P なし

秋の京都のめぐり方⑤

ちょっと足を延ばして

散策しやすい季節は、まちなかから
ちょっと足を延ばしてみるのもおすすめ。
錦秋の嵐山周辺に向かいましょう。

平安貴族もこころを寄せた いにしえより愛される景勝地

天下の名勝として知られる嵐山。この地のランドマークにもなっている渡月橋《とげつきょう》は、大堰《おおい》川に架かる全長155mにも及ぶ大きな橋です。鎌倉時代、亀山天皇は、月が弧を描いて橋の上を動いていく姿をみて「くまなき月の渡るに似る」と詠《よ》んだのだそうです。そのことが渡月橋の名の由来となったといわれています。

「嵐山」とは嵐のごとく
桜が舞う様子から

渡月橋《とげつきょう》

所京都市右京区嵯峨中ノ島町
Telなし
営散策自由
休無休
交嵐電嵐山駅から徒歩3分
Pなし

思わず深呼吸したくなるすがすがしいさんぽ道

人力車に乗って散策するのも楽しい

空高く伸びる竹林にキラキラ差し込む木漏れ日、そして風を感じる葉擦れの音がここちよいさんぽ道です。比較的人が少ない、早朝や夕暮れ時がおすすめ。

竹林《ちくりん》の小径《こみち》

所京都市右京区嵯峨天龍寺芒ノ馬場町
Telなし
営散策自由　休無休
交嵐電嵐山駅から徒歩10分　Pなし

わらじを履いたお地蔵さんが願いを叶えてくれる

足元にはわらじが!

歩いて願いを叶えに来てくれることからわらじを履いている

ひとつだけ願いを叶えてくれる「幸福御守」

私はお祖母ちゃんの健康を願いました!

一年中、美しい鈴虫の音色を聞けることから、鈴虫寺と呼ばれるお寺。僧侶による笑いを交えた「鈴虫説法」は、おもしろい上、分かりやすいと評判です。

鈴虫寺《すずむしでら》(華厳寺《けごんじ》)

所京都市西京区松室地家町31
Tel075-381-3830
営9:00〜17:00
　※受付終了は30分前
休無休
交バス停苔寺・すず虫寺から徒歩3分
Pあり

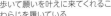

＼ホームズさんが教える！／

秋の京都豆知識

時代祭ってどんなお祭り？

5月の葵祭、7月の祇園祭と並ぶ、京都三大祭のひとつが時代祭です。毎年10月22日に行われる平安神宮のお祭りで、時代装束に身を包んだ風俗行列が京都のまちを練り歩きます。行列は明治維新時代から平安京が造営された延暦《えんりゃく》時代までさかのぼり、織田信長《おだのぶなが》や坂本龍馬《さかもとりょうま》、紫式部《むらさきしきぶ》など、教科書にも出てくるような人物も登場しますよ。

行列は、12時に京都御苑を出発し、約2時間半かけて平安神宮に向かいます。その人数はなんと2千人にも及ぶのだそう。実は衣装や道具は、素材から技法に至るまで各時代で用いられていた方法で作られていまして、一見同じようでも、よく見ると時代によって質感や意匠が異なります。そうした違いを見比べてみるのもおすすめの楽しみ方です。京都御苑には有料観覧席（京都市観光協会に要問合せ）があるので、座ってゆっくりと鑑賞できますよ。

平安時代婦人列に登場する巴御前《ともえごぜん》

第五話　秋のたわむれ

＊

「それでは、お疲れさまです、ホームズさん」

閉店時間を迎え、私・真城葵は、準備を整えてバッグを手に立ち上がる。

振り返って、ホームズさんこと家頭清貴さんに会釈をすると、

「お疲れさまです、葵さん」

と、カウンター前の椅子に座っていた彼は、顔を上げてにこやかに微笑んだ。

ホームズさんの手元には、帳簿がある。

「ホームズさんは、店に残ってお仕事ですか？」

「ええ、在庫のチェックに、帳簿のチェック、やることが溜まってまして」

「大変ですね」

「ええ、たまに嫌になってカウンターに突っ伏してます」

そんなホームズさんに、私は小さく笑った。

「お気を付けてお帰りくださいね」

「はい、ありがとうございます」

ぺこりと深く頭を下げた時だ。

手にしているトートバッグから単行本がするりと落ちた。

「ああ、葵さん、本を落としましたよ」

ホームズさんは、すぐに立ち上がって拾ってくれる。

私は、「わわわ」と身を乗り出した。

もし落とした本が文豪の作品ならば、こんなに慌てないだろう。その本は友達——香織に借りた恋愛色の強い少女漫画だったのだ。

ホームズさんは、伏せて開いた状態で床に落ちていた単行本をスッと手に取る。

たまたま開いていたページを見て、ぱちりと目を瞬かせた。

それは、ホームズさんがあまり好まないという『俺様強引イケメン』が、主人公の女の子に『壁ドン』をしつつ『逃がさねぇよ』と言うシーンだったのだ。

「……はあ、これが噂の『壁ドン』ですか。前に流行りましたね……」

しみじみと言うホームズさんに、気恥ずかしさからカーッと頬が熱くなる。

「あ、なんか、すみません」

「いえいえ」

と、彼はにこやかに単行本を差し出してくれる。

私は、それを受け取って、そそくさとトートバッグの中にしまった。

「しかし、僕はどうも不思議だったんです」

そのシーンを思い浮かべているのか、ホームズさんは腕を組んで顎に手を当てる。

「不思議？」と私は首を傾げた。

「はい。『壁ドン』が良いというのは、二次元のみの話で、リアルでは違いますよね？」

ポカンとする私に、ホームズさんは話を続けた。

「実際にこんなことされたら、『脅迫』のスタイルですし、恐怖、もしくは怒りを覚える気がするんですすよ」

その言葉に、私は「ああ」と頷く。

勢いよく壁に手をついて、上から見下ろす。たしかに実際に自分よりも体の大きな男性にそんなことをされたなら、ときめきどころではないかもしれない。

「……言われてみれば威圧的ですし、『怖い』と思ってしまうかもしれませんね」

私は思わず納得して、相槌をうつ。

「とはいえ、リアルと二次元は違っていますし、それを割り切って楽しむのが、娯楽というものですよね」

ホームズさんは一人納得した様子で、うんうん、と頷いたかと思うと、私の方を向いた。

「葵さんも、『壁ドン』シーンにキュンとしますか？」

「漫画やアニメなら、キュンとするシーンかなとは思うんですが、言われてみれば、実際にされたらどうなんでしょう？」

「試してみますか？」

「試すって？」

「失礼しますね」

へっ？　と顔を上げた瞬間、ホームズさんが、ドンッと右手を私のすぐ後ろの壁について、そっと顔を覗きこむ。

「……葵さん」

「は、はい？」

「逃がさへんよ」

と、不敵な笑みを見せる。

「ッ！」

そのホームズさんの姿に、キュンどころか、ギュンとして、腰が抜けてその場に座り込みそうになった。

「あなたは今や、うちの大事なバイトさんですしね。逃がしたくはありません」

そう付け加えられて、一気に力が抜ける。

残念なのか、ホッとしたのか、はたまた嬉しいのか、分からない気持ちだ。

でも、ひとつだけ言えるのは……、

「……やっぱり、『壁ドン』は反則かもしれません」

ぽつりとつぶやくと、ホームズさんは意外そうに目を瞬かせた。

「反則ですか……なるほど、少女漫画も参考になるんですね。得した気分です」

ホームズさんは、壁から手を離して、興味深そうに相槌をうつ。

「得って」

「ですが、これはやはり女性に限ってのことなんでしょうね。僕なら誰かに壁ドンされたら、カチンときてしまいそうです」

「えっ、カチンとくるんですか？」

「されたことがないので分かりませんが、女性に壁ドンされて『逃がさないから』って言われたら、多分引いたうえで苦笑してしまうと思うんですよ」

「それじゃあ、ホームズさんも試してみますか？」

「葵さんが僕に？　その場合はカチンとは来ないと思いますが……ですが興味はあるので、もし良かったら」

「それじゃあ、えっと、失礼しますね」

私もドンッと壁に手をついて、そっとホームズさんを見上げた。

「ホ、ホームズさん、逃がしませんよ」

自分でやっていながら、恥ずかしくなって、頬が熱い。

きっと耳まで真っ赤だろう。

「…………」

ホームズさんは黙り込んだかと思えば、急に目をそらす。

「ホームズさん？」

「……あかん」

「えっ？」

「いえ。なるべく、他の男性にはされない方が良いと思いますよ」

「やっぱり、カチンと来て、引いてしまいましたか？」

私は少し心配になって、顔を覗いた。

「それは……大丈夫です」

顔は背けたままだったが、優しくそう言ったホームズさんに、私は少しホッとして胸に手を当てる。

「それなら、良かったです」

「……もう、暗くなるので、本当にお気をつけて」

帰りを促す彼に、私は「あ、はい」と、トートバッグを持ち直した。

「それでは、お疲れさまでした」

私は頭を下げて、『蔵』を出る。

カラン、と鳴るドアベル。

なんとなく振り返って店内を覗くと、ホームズさんがカウンターに突っ伏している姿が見えた。

きっと帳簿の仕事がたまっていて、嫌になっているのだろう。

がんばってくださいね、と心の中で告げて、私はアーケードを後にした。

秋人　かー、なんだこれ。めちゃイチャイチャしてんじゃん
利休　本当だよね。店内でやめてほしいな
清貴　利休までそんなことを……
葵　イチャイチャしてるつもりじゃ……
秋人　ちなみに、おまえらこんなことをちょくちょくやってそうなイメージだけど、実は外から見られてて商店街で変な噂になってたりしねーか？
利休　僕もそれを心配してたんだよね。葵さんのせいで清兄の清廉なイメージが崩れたら嫌なんだけど
葵　そんな……
清貴　ちゃんと窓の外を確認してますよ
秋人　それに、ホームズは清廉というより、むっつりの方がしっくりくるけどな
清貴　嫌ですね、そんな。ふふふ
秋人　怖っ
利休　清兄、カッコいい……あ、次は冬の京都のオススメだよ。よろしくね

京都ホームズ的！

冬の京都のめぐり方

冬の京都はツウ好みの楽しみ方が盛りだくさん！

師走の京都を満喫する —— P.162

初詣に行く —— P.166

節分祭めぐりをする —— P.168

オシャレなカフェで過ごす —— P.172

ホームズさんが教える！冬の京都豆知識 —— P.174

「京の底冷え」すらここちよい　こころが満ちる冬の京都へ。

凍えるほど寒い京の冬。あたたかな部屋にこもっていたい気持ちとは裏腹に、右も左もお寺も神社も、冬ならではの行事が盛りだくさん。12月も半ばになれば、花街では芸舞妓さんが年末のご挨拶にまわる「事始め」を迎えます。京都のまちが一気に華やぐ瞬間です。大みそかには除夜《じょや》の鐘《かね》が鳴り響き、新年には初詣に。2月の節分で福を呼び寄せる頃、ふと漂ってくるのは

1.京都ではお正月に根引き松が飾られる　2.冷え込む日は、庭先のお花も雪化粧
3.春を告げる梅はつぼみも愛らしい　4.長楽館の「球戯の間」。ビリヤードを楽しむ部屋として作られたのだそう

ほんのり甘い梅の香り。あたたかな季節はもう、すぐそこ。耳を澄ませば、春の足音が聞こえてくるようです。

師走の京都を満喫する

まち全体が活気に満ちる師走の京都。年の瀬だからこそ体験しておきたい、おすすめの行事をご紹介します。

令和三年「吉例顔見世興行」より

師走の訪れを知らせる伝統のまねき上げ

顔見世《かおみせ》

江戸時代初期、幕府公認で建てられた芝居小屋のひとつである南座《みなみざ》。7つあった芝居小屋は次第に姿を消し、明治の頃には南座のみになりました。毎年12月になると「吉例顔見世興行」が行われ、俳優の名前が書かれたまねきが上がります。京都の人は、このまねきが上がると「師走やなぁ」と実感するのです。

日程　11月末～12月末
料金　座席・開催年により異なる

南座《みなみざ》

所 京都市東山区四条大橋東詰
Tel 075-561-1155
営 公演により異なる
休 公演により異なる
交 京阪祇園四条駅からすぐ
P なし

日程 12月12日頃
料金 当日は一般見学不可
主催 (公財)日本漢字能力検定協会

今年の漢字®

清水寺《きよみずでら》

全国から募集し、決定する「今年の漢字®」。発表は清水寺の舞台で、森清範《もりせいはん》貫主の揮毫《きごう》により行われます。書かれた文字は「漢字ミュージアム」で見ることができます。

DATA P.141➡

その年の世相を表す一文字で
1年を振り返る

2021年「今年の漢字」第1位「金」
画像提供:(公財)日本漢字能力検定協会

除夜の鐘

17人の僧侶が

夜空に響く108回の鐘の音

日本三大梵鐘《ぼんしょう》のひとつに数えられるほど大きな知恩院の梵鐘。親綱1人、子綱16人の僧侶たちが一緒になって撞《つ》きます。「えいひと〜つ」「そ〜れ〜」の掛け声に合わせて撞く姿は、まさに圧巻！

12月27日に行われる
試し撞きも人気なんやで

知恩院《ちおんいん》

DATA P.61➡

日程 12月31日
22:20頃〜24:35頃
料金 無料

冬の京都のめぐり方①

師走の京都を満喫する

お正月準備で華やぐ 390m続く「京の台所」

古くより京都の食文化を支えてきた錦市場《にしきいちば》。地元の人や観光客でいつもにぎわうスポットですが、特に年の瀬はお正月準備のため足を運ぶ人びとの姿が目立ちます。お店に並ぶ商品も、棒《ぼう》鱈《だら》やにらみ鯛、黒豆など、お正月に欠かせない食材が勢ぞろい。イートインスペースがあるお店では、その場で食べることができますよ。

正月三が日は箸をつけてはいけない「にらみ鯛」

錦《にしき》市《いち》場《ば》

所京都市中京区
錦小路通寺町〜高倉間
Tel店舗により異なる
営店舗により異なる
休店舗により異なる
交阪急京都河原町駅から徒歩4分
Pあり

終い弘法・終い天神に行ってみよう！

弘法さん、天神さんって？

東寺《とうじ》の弘法市と北野天満宮《きたのてんまんぐう》の天神市のこと。親しみを込めて「弘法さん」「天神さん」と呼ばれます。その年最後にあたる12月の縁日を「終い弘法」「終い天神」、新年最初に行われる1月の縁日を「初弘法」「初天神」といいます。

天神市

日程 毎月25日 6:00頃〜21:00頃
料金 無料

早朝から夜遅くまで続く にぎやかな骨董市

道真《みちざね》公の誕生日かつ命日の25日に行われる縁日。骨董や古美術などのお店がひしめきあうように並びます。夕方にはライトアップも。

北野天満宮《きたのてんまんぐう》

所 京都市上京区馬喰町
Tel 075-461-0005
営 6:30〜17:00
休 無休
交 バス停北野天満宮前からすぐ
P あり（毎月25日は利用不可）

弘法市

日程 毎月21日 8:00頃〜16:00頃
料金 無料

毎月10万人が足を運ぶ、弘法大師の月命日の縁日

東寺の境内に、植木や骨董、古着など、1000店ほどの露店がずらり！ 掘り出しものを求めて足繁く通う人も多いのだそうです。

東寺《とうじ》（教王護国寺《きょうおうごこくじ》）

所 京都市南区九条町1
Tel 075-691-3325
営 5:00〜17:00（金堂・講堂は8:00〜、観智院は9:00〜 ※受付終了は30分前）
休 無休
交 近鉄東寺駅から徒歩10分
P あり（毎月21日は利用不可）

画像提供：東寺出店運営委員会

冬の京都のめぐり方②

初詣に行く

新年最初のお参りは、とっておきのスポットに足を運びたいもの。西日本一の人気神社で1年の幸福を願いましょう。

朱色のトンネルをくぐって新年のご利益をいただきに

全国におよそ3万社ある稲荷《いなり》神社の総本宮が伏見《ふしみ》稲荷《いなり》大社《たいしゃ》です。古くより、五穀豊穣や商売繁昌、家内安全のご利益で親しまれてきました。初詣は西日本一のにぎわいを見せ、多くの参拝者が新年のご利益を願って、お参りに訪れるのだそう。朱色の鳥居が立ち並ぶ千本鳥居を抜けると、「お山めぐり」のスタート地である奥社《おくしゃ》奉拝所《ほうはいしょ》に到着。願いごとをして持ち上げた石が、想像よりも軽く感じられれば願いが叶うとされる「おもかる石」で、新年の運勢を占ってみるのもおすすめです。

お山めぐりでご利益アップ

お山めぐりって？

伏見稲荷大社のはじまりは、稲荷大神が稲荷山に鎮座したことだとされています。この稲荷山の山中の塚や祠《ほこら》を巡拝することは「お山めぐり」と呼ばれ、たくさんのご利益を授かることができるんです。約2時間でめぐれますよ。

START

奥社奉拝所

「奥の院」と呼ばれることも。一周約4kmの「お山めぐり」はこちらからスタート。

＼絶景ビュー！／

四ツ辻

絶景が待っている四ツ辻でほっとひといきを。茶店の甘味で一服もおすすめ。

GOAL

一ノ峰《いちのみね》

標高233mの稲荷山の山頂。末広大神として商売繁昌の信仰を集めています。

伏見《ふしみ》稲荷《いなり》大社《たいしゃ》

所京都市伏見区深草薮之内町68
Tel075-641-7331
営境内自由
（授与所は8:30～16:30）
休無休
交JR稲荷駅からすぐ
／京阪伏見稲荷駅から徒歩5分
Pあり

冬の京都のめぐり方③

節分祭めぐりをする

京都の節分祭は、登場する鬼もスタイルもユニークなものばかり。それぞれの個性を知って、とっておきの福を呼び込みましょう。

四つ目の方相氏《ほうそうし》が赤・青・黄鬼を追い払う

日程 2月2〜4日
料金 無料

吉田山《よしだやま》に鎮座する吉田神社。平安京の鬼門を守る神社として、貞観元（859）年、藤原山蔭《ふじわらのやまかげ》によって創建されました。山全体が境内となり、多くの摂社・末社が存在します。節分祭は毎年節分の前後3日間に行われ、毎年50万人もの参拝者が訪れる京都随一の人気ぶり。平安時代に宮中で執り行われていた儀式を継承する追儺式《ついなしき》では、黄金の四つ目の仮面を付けた方相氏や上卿《しょうけい》、陰陽師《おんみょうじ》などが力を合わせて鬼を追い払います。車やお食事券など、豪華な景品が当たる「抽選券付き厄除け福豆」も忘れずに手にしましょう。

節分祭でしたい3つのこと

大人も子どもも
楽しめるお祭り
なんだよ！

1 鬼に会う

運がよければ、迫力いっぱいの鬼たちに出会えることもありますよ。

2 露店を楽しむ

境内や参道に約800店ものお店が大集合！ 恵方巻や年越しそばも要チェック。

福
豆

3 福豆をGETする

素敵な商品が当たるかも！？当選結果は後日発表されるのでお見逃しなく。

吉《よし》田《だ》神《じん》社《じゃ》

所 京都市左京区吉田神楽岡町30
Tel 075-771-3788
営 境内自由(社務所は9:00～17:00)
休 無休
交 バス停京大正門前から徒歩5分
P あり(節分祭中は利用不可)

こちらもCheck！

食品業界や老舗料亭からも信仰を集める

包丁の神様に願いを託して料理上手になれますように

日本で初めて調理をしたという藤原山蔭を、包丁の神・料理の神として祀る神社です。

山《やま》蔭《かげ》神《じん》社《じゃ》

DATA 吉田神社に準ずる

田道間守命はお菓子のルーツ・橘を日本に持ち帰ったとされる

お参りすれば、素敵なお菓子と出会えるかも！？

お菓子の祖神である田道間守命《たぢまもりのみこと》と林浄因命《はやしじょういんのみこと》を祀る神社です。和菓子職人などのお参りも多いのだとか。

菓《か》祖《そ》神《じん》社《じゃ》

DATA 吉田神社に準ずる

冬の京都のめぐり方③

節分祭めぐりをする

個性豊かな節分祭に足を運ぼう

平安時代の追儺式を再現
狂言師による大迫力の鬼が登場

日程 2月3日 14:00〜16:00
料金 無料

儀式はもちろん、平安当時を見事に再現した衣装やお道具にも注目したい

鬼を払ったあとの豆まきで、福豆をゲットしよう！

迫力満点でありながらどこか愛嬌《あいきょう》もある、狂言の茂山社中《しげやましゃちゅう》が扮する鬼が大人気です。毎年こちらの鬼に会いに来るという人も。

平安神宮《へいあんじんぐう》

DATA P.53 ➡

平安神宮×茂山社中

八坂神社×花街

日程 2月2〜3日
料金 無料

芸舞妓さんによる
華やかな踊りと豆まき

祇園甲部・祇園東・宮川町《みやがわちょう》・先斗《ぽんと》町《ちょう》の４つの花街から芸舞妓さんが参加。各花街の舞踊奉納を見比べてみるもの楽しいひと時です。

どの時間帯にどんな
奉納が行われるか、
事前に確認して
おこう！

八坂神社《やさかじんじゃ》

DATA P.87 ➡

普段はあまり聞くことができない今様の奉納も行われる

須賀神社×懸想文売り

**べっぴんさんになれる!?
願いが叶う夢のような懸想文**

節分祭には、覆面姿の懸想文《けそうぶみ》売りが登場。懸想文売りから懸想文を手に入れれば、美人になり衣装も増え、良縁に恵まれるとか。

日程 節分とその前日
9:00～20:00
料金 無料
(懸想文は有料)

須《す》賀《が》神《じん》社《じゃ》

所京都市左京区聖護院円頓美町1
℡075-771-1178
営9:00～17:00　休無休
交バス停熊野神社前から徒歩5分
Pなし

懸想文とはラブレターのこと

正体はなんと貴族！身分を隠して、懸想文の代筆のアルバイトをしていたのだそう

壬生寺×炮烙

炮烙《ほうらく》に願いをしたため奉納すれば、4月の壬生狂言の演目『炮烙割』の中で割られ、厄除開運のご利益を得ることができます。

壬《み》生《ぶ》寺《でら》

所京都市中京区壬生梛ノ宮町31
℡075-841-3381
営8:30～17:00(壬生塚・歴史資料室は9:00～16:00)　休無休
交バス停壬生寺道から徒歩5分　Pなし

壬生狂言の中で割られてご利益を授かる炮烙

日程 2月2～4日
9:00～21:00
(4日は～19:00)
料金 無料

炮烙に家族の年齢や性別を書いて奉納する

壬生寺では節分会と呼ばれる。期間中は壬生狂言も上演

冬の京都のめぐり方④
オシャレなカフェで過ごす

やっぱり冷え込む、京都の冬。寒さが身に染みる日は、あたたかなカフェでゆるりと過ごすのがおすすめです。

1.アフタヌーンティー専用の「迎賓の間」は、ロココ様式　2.ヨーロッパを旅しているかのような気分になれる　3.アフタヌーンティーは4950円〜。2名以上の予約制　4.格式を感じさせる階段は、上るだけでわくわくする

クラシカルな洋館で 贅沢なカフェタイムを

円山《まるやま》公園のほど近くに、凛《りん》とたたずむ長楽館《ちょうらくかん》。明治時代に活躍した「たばこ王」こと、実業家・村井吉兵衛《むらいきちべえ》によって建てられた迎賓館です。国内の名だたる偉人をはじめ、各国の皇族や大使も集ったといいます。7つの異なる風情のお部屋で優雅な調度品に囲まれながら、ゆったりとしたカフェタイムを過ごせます。

デザートカフェ 長楽館《ちょうらくかん》

所 京都市東山区八坂鳥居前東入円山町604
Tel 075-561-0001
営 11:00〜18:30（LO18:00）
休 不定休
交 バス停祇園から徒歩5分
P あり

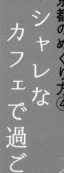

1.落ち着いた雰囲気。ライブや展示会が行われることも　2.福を呼ぶこうもり型のビスケットはおみやげとしても人気
3.チョコレートケーキとコーヒーのセット1300円　4.本館にあるステンドグラスは「直弧文鏡」と呼ばれる

皇室ゆかりの空間で 非日常のひと時を過ごす

元東伏見宮《ひがしふしみのみや》家別邸を受け継ぐ、料理旅館・吉田山荘《よしださんそう》。緑に包まれる吉田山のふもとに位置します。そんな吉田山荘が手がけるのが、カフェ真古館《しんこかん》。ぬくもりのある空間でいただけるチョコレートケーキが評判です。大きな窓からは景色を見渡すことができ、時にしんしんと降りてくる雪が演出する、モノクロの世界を楽しめます。

カフェ真古館《しんこかん》

所京都市左京区吉田下大路町59-1
（吉田山荘敷地内）
Tel075-771-6125
営11:00〜18:00(LO17:30)
休不定休
交バス停銀閣寺道から徒歩10分
P あり

＼ホームズさんが教える！／

冬の京都豆知識

冬におすすめの食べ物は？

寒い冬はどうしても体調を崩しやすくなりますね。昔の人は旬のものを食べることで、体調を整えてきたそうです。

　冬の京都のお寺で振る舞われるものといえば「大根焚《だいこた》き」です。なかでも有名なのは、千本釈迦堂《せんぼんしゃかどう》の大根焚きですね。毎年12月7～8日の2日間、お釈迦様が悟りを開いた日にちなんで行われます。この大根焚きを食べれば、諸悪病が取り除かれるといわれているんですよ。

　また、千枚漬やすぐき漬も京都の冬ならではの食べ物です。「初物七十五日」、つまり「初物を食べると長生きする」ということわざに則って、毎年冬になると漬け上がる、千枚漬やすぐき漬の初物を食べるという人も少なくありません。このあたりのエピソードからも、旬のものを食べることで健康を願った、昔の人の知恵を窺い知ることができますね。

千本釈迦堂の大根焚き。ほっかほかの大根とお揚げが入っている

すぐきのお漬物。上賀茂神社の周辺はすぐきの産地として知られる

第六話　少し早いクリスマスキャロル

「ここが、『長楽館《ちょうらくかん》』なんですね」

私──真城葵は、目の前にある瀟洒な洋館を見上げて、感嘆の息をついた。

京都東山にある長楽館は、明治四十二年（一九〇九）、煙草王と呼ばれた実業家・村井《むらい》吉兵衛《きちべえ》により、国内外の賓客をもてなすために建築されたという。

ホームズさんは、私の隣で胸に手を当てて、うっとりと目を細めていた。

「やはり、素晴らしいですね。この館は米国の建築士、ジェームズ・マクドナルド・ガーディナーが設計したのですが、彼は美術史を学んだ方なんです」

「それで、こんなにも芸術的なんですね」

外観はルネッサンスで、全体的にクラシック。

かつては迎賓館だったそうだが、美術館と言われても納得しそうだ。

「東側から見た石造りの雰囲気は、少し家頭邸にも似ている気がします」

「時々、似ていると言われるんですよ。ここは、多くの人にとって憧れの建物だったでしょうし、それは、家頭の先祖も例外ではないと思います」

私は納得して、建物を見上げている。

十二月の冷たい風が吹き抜けて、私は体を縮めた。

ホームズさんは、ふふっと笑って、私を見下ろす。

「寒いですね。中に入りましょうか」

はい、と私は頷いて、ホームズさんの後を歩く。

今、長楽館には、館内の見学とアフタヌーン・ティータイムがセットになったプランがある。

それを知った私が、『いいなぁ』と洩らしていたら、ホームズさんが『良かったら、一緒に行きませんか？』と誘ってくれた。

中に入ると、臙脂《えんじ》色の絨毯に立派な手すりのある階段が目に飛び込んでくる。

スタッフに案内されるままに階段を上り、館内を見学した。

細やかな装飾と重厚感、美しいシャンデリア。クラシックながらも絢爛豪華な様相だ。

さすがかつての煙草王、と圧倒された。

「すごい。絨毯が立派すぎて躓いてしまいそうです」

独り言のように洩らすと、ホームズさんは、ふふっと笑う。

「こんなところで、クリスマスパーティができたら素敵ですよね」

そう言うと、そういえば、とホームズさんが思い出したように言う。

「もう十二月でしたね」

「そうですよ。早くも師走です」

春に『蔵』でバイトをはじめ、夏の祇園祭、秋にはたくさんの社寺をまわり、冬の初めには、顔見世にも連れて行ってもらった。

今年は盛りだくさんだったせいか、いつもよりも時が経つのが速く、なんだかアッという間だった。

「ところで葵さんのクリスマスのご予定は？」

ホームズさんに問われて、ぼんやりと今年を振り返っていた私は我に返る。

「もちろん、ありますよ」

クリスマスは、イブも二十五日も『蔵』でバイトだ。

十七歳の女子高生の予定が、バイトだけというのは少し寂しいけれど、何も予定がないよりは気が紛れて良いかもしれない。

するとホームズさんは、「そう……ですか」と浮かない表情でつぶやく。

クリスマスにまでバイトのシフトが入っていることを思い出し、申し訳なく思っているのかもしれない。

シフトは、私自身が希望したもので、気にすることなんてないのに。

そんなことを思いながら、邸内を見て回った。

「本当に素晴らしいですね。こうして今も遺してくれている奇跡に感謝です」

嬉しそうに告げるホームズさんをちらりと見て、私は頬を緩ませる。

「葵さん、どうかされました？」

「ホームズさんは素敵なものを見たらいつも『素晴らしい』って感動しているなぁ、と思いまして」

「大袈裟でしたか？」

「そういうわけでは……。家頭邸も負けないくらい素晴らしいお屋敷だと思うんですが、家でも感動しているんですか？」

そう問うと、ホームズさんは小さく笑う。

「さすがに家ではこんなふうに感動はしませんね。それに、ここと比べていただけるなんて光栄です。たしかに似たところもありますが、『負けないくらい』というのはそれこそ大袈裟ですよ」

「大袈裟じゃないですよ。家頭邸もパーティがピッタリなお屋敷ですもんね。クリスマスパーティも合いそうな気がします」

「思えば、クリスマスパーティは、祖父が好まないらしく家頭邸でやったことがないですね。葵さんはクリスマス、どちらに行かれるんですか？」

微笑みながら訊ねるホームズさんに、私は「えっ？」と小首を傾げる。

「ほら、先ほど、予定が入ってると……」

そう続けた彼に、私は小さく笑う。

「行き先は、『蔵』ですよ」

「『蔵』？」

はい、と私ははにかむ。

「クリスマスは、イブも二十五日も、『蔵』でバイトの予定が入っているだけです。現役女子高生なのに、クリスマスの予定がバイトだけなんて、情けないですよね」

すると、ホームズさんは余程可笑しかったのか、口に手を当てた。

「あっ、笑ってません？」

「いえいえ、僕もクリスマスに予定はありませんし、同じですね」

ホームズさんはそう言うと、花が咲くように笑う。

「もう、どうして、そんなに楽しそうなんですか？」

「あ、いえ、同士を見付けた気分でして」

ホームズさんは、慌てたように言う。

「……同士だなんて。ホームズさんがその気になれば、一緒に過ごせる人は幾らでもいそうです」

そう言ったあと、私は邸内を見回した。

「ホームズさんは、華族のご子息という感じがしますよね。ホームズさんが、ここに高貴な女性と一緒にいても、まったく違和感なさそうです」

ホームズさんに手を取ってもらえる女性は、どんな人なのだろう？

きっと、非の打ち所がない才色兼備に違いない。

自分の想像に、胸がチクリと痛む。

すると、ホームズさんは表情を曇らせて、顔を背けた。

「大袈裟ですよ。僕はしがない商人です。それに僕はどんな高貴な女性よりも……」

ホームズさんはそこまで言って黙り込み、私の目を見詰めた。

その眼差しに、心臓が激しく早鐘をうつ。

「ホームズさん？」

「いえ、そろそろティータイムの時間ですね。長楽館のアフタヌーン・ティーセットは美味しいと評判なんです。行きましょうか」

階段前まで来て、ホームズさんは振り返り、私に向かってスッと手を差し伸べた。

絨毯の敷き詰められた階段は滑るわけではなく、手を取ってもらう必要はない。

だけど、最初に『絨毯に躓いてしまいそう』と大袈裟なことを言ったのを気にしてのことだろう。これは彼が紳士だからこその振る舞いと知りつつも、まるで、映画のワンシーンのような様子に、胸がきゅんと詰まる。

この特別な場所だから、少しだけ夢を見ることを許してほしい。

少し早いクリスマスに見る夢——そう、クリスマスキャロルだ。

「ありがとうございます、ホームズさんって本当に紳士ですね」

と、私はホームズさんの手を取る。

「……紳士やあらへん。真逆や」

ホームズさんの静かなつぶやきがよく聞き取れず、「えっ？」と首を傾げた。

それは、ほんのひと時、夢を見た小さなエピソード。

清貴　これもまた、懐かしいエピソードですね。
秋人　結局、この年のクリスマス、どう過ごしたんだ？
清貴　それが、上田さんのカフェを手伝うことになりまして。
秋人　あー、噂の「イケメンカフェ」か。
葵　北山のですよね。懐かしい。
利休　僕もアニメでは働いていたんだけどね。
秋人　俺も働きたかったな、一日くらい。そしてホームズとどっちが人気が出るか、勝負したかった。
利休　清兄に決まってると思うけど？
秋人　いやいや、分かんねーよ？
清貴　秋人さんの快活な雰囲気は客受けが良さそうですしね。むっつりな僕よりも、人気が出たのではないでしょうか？
秋人　え……さっき、むっつりって言ったの、まだ怒ってる？（震）
清貴　いえいえ、そんな。
秋人　また、そんな笑顔で怖い雰囲気出すなよ、親友！
清貴　すぐそうやって、肩を組まないでください

利休　それより、次の話も葵さんのバイト初日なの？
葵　そうなんですけど、次のバイト初日は私目線ではなくて、ホームズさん目線なんですよ。
秋人　へー、ホームズから見た、バイト初日の出来事ってわけだ。
清貴　そういうことですね。
葵　あの日の私、どんなふうに見られていたんだろう、ってちょっとドキドキします。
利休　心配しなくても、清兄だからね。好印象も悪印象もなく、見たままの「情報」を頭の中で的確に処理していると思うよ。
清貴　人をロボットのように……。
葵　でも、ホームズさんっぽいですね。
清貴　え。
秋人　なー、ホームズ。葵ちゃんの第一印象は？
清貴　それについても、次のお話に書いていますので、お楽しみに。
葵　やっぱり緊張します。
清貴　では、葵さんバイト初日の出来事、僕目線のお話を……。
葵　どうぞよろしくお願いいたします。

第七話　葵がはじめて蔵にバイトに来た日　―清貴目線―

『蔵』を手伝っていた利休が、フランスに留学して一か月。

　そろそろ、バイトを雇いたいと思い始めていた時に、この店を訪れたのが、葵さんだった。

＊

『挙動不審な女子高生が入ってきた』

　これが、最初に抱いた感情。身長は一五八センチ程度、体重は五十キロ前後、大木高校の制服。スカートの皺の付き具合から、自転車に乗ってきたことが分かる。この寺町三条へは、自転車で通えるところに住んでいるのだろう。

　緊張に強張った表情、胸に抱くようにして持っている紙袋。なるほど、あの中に鑑定してもらいたい品が入っている。

　固く重ねる手からは、戸惑いと躊躇いが感じられる。それは、彼女にとって、どうしても手放したくない大切な物か、もしくは後ろめたい物であるということ。

あの挙動から察するに、後者だろうか。

とりあえず、彼女の警戒を解こう。

「いらっしゃいませ」

僕は目を細めて、口角を上げ、柔らかな口調で呼びかける。

すると、彼女は、びくん、と肩を震わせて、揺れる瞳をこちらに向けた。

＊

――それから、四日。

ふとしたことから、僕は彼女をバイトに誘ってしまった。

ちょうど手伝ってくれる人を探していたというのもあったのだが、それはほとんど勢いのようなものだったのかもしれない。

「……僕が勢いで動くなんて珍し」

誰もいない骨董品店『蔵』の店内に、僕のつぶやきは吸い込まれていく。

元々、静かな店だが、アーケードに人通りの少ない開店前は、まるで時が止まっているかのような静寂さだ。

さて、彼女を迎える準備をしなくては……。

たしか、二階にエプロンがあったはずだ。

僕は、倉庫と化している二階へ向かうべく、階段を上る。

二階に着き、物入れにしている引き出しを開けると、エプロンが入っていた。

これは利休が使っていたものだ。

クリーニングに出して返ってきて、そのまましまっていた。

黒い無地のシンプルなエプロンであり、高校生の女の子には、素っ気なさすぎるだろうか?

そんなふうに思っていると、一階からカランとドアベルの音が聴こえてきた。

控えめな音から、彼女の遠慮がちな姿が想像できるようだ。

見下ろすと、やはり、彼女はオロオロと店内を見回している。

『不安』が服を着て歩いているような姿に、思わず頬が緩んだ。

すぐに、その不安を取り除いてあげなければ――。

「おはようございます、葵さん。今日からよろしくお願いいたします」

階段を下りながら声をかけると、彼女は弾かれるように顔を上げた。

僕が二階から現われることが、彼女にとって想定外だったのか、しばし固まっている。

僕が一階に下り立ったことで、彼女は我に返った様子で背を正し、深く頭を下げた。

「お、おはようございます、店長。今日からよろしくお願いいたします」

一度、姿勢を整えて目を合わせたあと、歯切れ良く挨拶をし、深く頭を下げる。

こういうと、古臭いけれど、今どきの学生にしては、しっかりとした挨拶だ。

もしかしたら、運動部に所属していたことがあるのかもしれない。

彼女がちゃんと挨拶ができることに少し感心しつつ、『店長』と呼ばれたことに、僕の口許から笑みがこぼれた。

そうか、この子は僕のことをずっと『店長』って思うてたんやな。

くすくす笑っていると、彼女は、どうして僕が笑っているのか分からず、戸惑った様子を見せている。

「葵さん、僕は『店長』ではないんですよ」

彼女は、えっ、と目をぱちりとさせる。

「そうだったんですか？」

「ええ、僕はまだ大学院生ですし」

彼女は、そうでした、という様子で相槌をうつ。

「それじゃあ、ここでバイトを？」

「バイトと言いますか、僕の祖父がこの店の経営者なんです」

「それでは、お祖父様が店長?」

「といいますか、祖父は鑑定士でその仕事が忙しく、ほとんど店にいないんですよ。そのため、僕と父が交代で店番をしています。ですので、父が『店長』と呼ばれていますね。ちなみに経営者の祖父は『オーナー』と呼ばれています」

自分で説明しながら、『オーナー』だの『店長』だのと面倒くさい一家やな、と苦笑が浮かぶ。

だが、彼女は、うんうん、と素直に頷いていた。

「お母様もお店の手伝いに来られるんですか?」

そう問われて、僕は一瞬、返答に迷った。

「母は、僕が幼い時に亡くなっていましてね。祖父に父に僕と家頭家は男ばかりなんですよ」

物心ついた時から母はいないので、僕にとっては今さら何を思うこともない話なのだが、母を亡くしていることを伝えると、大抵の人が申し訳なさそうにするためだ。

なるべく、負担を感じさせないよう微笑みながら答えるも、彼女は「あ」と洩らして、言葉を詰まらせた。

「ごめんなさい」

思っていた通り、彼女はとても申し訳なさそうに俯いた。

その姿に、こちらが申し訳なくなる。

「いえいえ、謝ることではないですよ。そうそう、『店長』と呼ばれているうちの父ですが、本業は作家で、この店にいる時はカウンターで原稿を書いてばかりいるんですよ」

この話題は早々に変えた方が良いだろう、と僕は話をそらした。

「この店はあまり人が入って来ないんですが、それでも留守にするわけにはいかないので、店番をしてくれる方がいてくれたらとても助かるんですよ」

僕も大学がありますし、と続け、小さく息をついた。

そう、これまでは、利休も手伝ってくれていたし、何より祖父が店にいてくれることで、なんとかなってきていた。

しかし僕が大学院に進むのは、祖父にとって面白くないことだったようだ。

『院で学ぶより、社会で学んだらどうや。わしはお前が卒業したら、鑑定の仕事で全国、いや、全世界を回るつもりでいたんやで！　院なんてやめたらどうや』

と、院に進学するのを反対したあげく、店には出ないと言い出したほど。

それには僕も少し意固地になり、『それはお好きにしてください。その代わり、僕も好きにさせてもらいます。店は僕たちでなんとかしますから』と返してしまったのだ。

「私も、学校が終わってからの時間と土日しかバイトに入れないのですが……」

もじもじと告げる彼女に、十分ですよ、と頷く。

「学校のある時間は、父が店番を務めますし。ですが、ご自身の用事がある時は遠慮なく仰ってくださいね」

僕はそう言いながら、カウンターの方に行き、引き出しから封筒を出した。

「この中にバイトの雇用契約書が入っていて、時給のことなどが書いてあります。家に帰ってからよく読んで、問題がないようでしたらサインと捺印をしてきてください」

「あ、はい」

「店内では店員と分かるよう、エプロンを身に着けてください」

そう言って、二階から持ってきたエプロンをカウンターの上に置いた。

「バッグは、給湯室の奥にロッカーになる戸棚がありますので、そこに入れておいてください」

彼女は、はい、と頷いて、エプロンを手にカウンター奥の給湯室に入っていく。

目が少し充血しているのは、おそらく寝不足なのだろう。

バイト初日を前に緊張していたのかもしれない。

ちゃんと目を見て話し、人の話をしっかりと聞こうとするところに、真面目で一生懸命な人柄が窺える。

あの子が何かを真剣に学び始めたら、それなりのものになるかもしれない。

そんなことを考えながら、僕は開店準備を始める。

骨董品や棚に掛けられた白い布を取り外していると、彼女が給湯室から出るなり慌てたように布をつかんだ。

「あ、これを外すんですね？」

「ええ、よろしくお願いします。品物を倒さないように気を付けながら、そっと取り外していただけると」

勢いよく引っ張りかねないので、すぐにそう伝えると、彼女は「は、はい」と怖気づいたように頷いた。

ごくり、と喉を鳴らして、緊張に体を強張らせながら、そろそろと布を外す。

そのガチガチな動作を見て、なんて、真面目なんやろ、と頬が緩む。

「気を付けてくださいと言いましたが、そんなに緊張されなくても大丈夫ですよ。そもそも、『壊れたら一大事』という高価な品は、剥き出しにしていませんので」

彼女は、頬を赤らめながら、相槌をうつ。

店内をキョロキョロと見回したかと思うと、志野の茶碗を見て動きを止めた。

高価なものから、志野の茶碗のことを思い出し、この茶碗がなぜそんなに値が張るのだろう、と思っていることが、その背中から伝わってくる。

「まぁ、人の価値観はそれぞれですので」

彼女の肩が、びくんと震えた。

「ど、どうして、そうやって分かるんですか?」

「高価なものは剥き出しにしていない、と言ったら、あなたは、以前僕が高価だと伝えた志野の茶碗に視線を移しました。そこで少し眉を寄せて首を傾げられた。それはおそらく『この茶碗がどうして?』もしくは『この茶碗にそんな価値を感じる人がいるなんて』と疑問に思われているのではないかと感じましてね」

その通りです、と彼女は息を呑む。

その瞳の奥に『恐怖』が感じられて、僕はすぐに口を閉ざした。

思ったことをペラペラ話すと、人に恐怖を与えてしまう。

そんなことは、とっくに分かっていて、話す内容に気を付けるようにするのも慣れ切ったことだった。

そのはずなのに、なぜか彼女には、深く考えずに思っていることを口にしてしまう。

なんでやろ、と不思議に思いながら、僕は違う話題を口にした。

「葵さんは、この店の中で他に気になったものはありますか？」

彼女は、ええと、と店内を見回して、一度アンティークドールに目を向けて、そっと首を振る。

どうやら、人形が気になるけれど、良い意味で注目しているわけではないようだ。

彼女は、棚の奥にある、『呉須赤絵』の鉢に目を留めた。

「これは、とても素敵ですね」

彼女が言うように、『呉須赤絵』は色鮮やかで美しい。

とはいえ、高校生の女の子が選ぶ品にしては、意外な気がした。

「葵さんは、この鉢にどういう印象を持ちますか？」

そう問うと、彼女は黙り込み、ジッとその鉢を見詰める。

「私は今、中華王宮のファンタジー小説を読んでいるんですが……」

少し気恥ずかしそうに話し始める。

思いもしない言葉だったが、彼女が何を言うのか興味が湧いた。

「そうした、古の中国の王宮にありそうだと思いました」

――驚いた。

「その中華王宮というのは、大体、いつ頃の話なのでしょうか？」

つい、前のめりで訊いてしまう。

「ファンタジーなので、いつかはハッキリ分からないですけど、なんとなく『清』の時代あたりをイメージして読んでました」

僕は、なるほど、と頷いた。

自分でも自然と口角が上がるのを感じていた。

「やはり、あなたはなかなか良い目を持ってらっしゃる」

彼女はぽかんとして、僕を見た。

「こちらは『呉須赤絵』の鉢です」

「『呉須赤絵』？」

「十七世紀の初頭――『清』の時代に、中国福建省の漳州窯という窯で焼かれたものですね。あなたのイメージした通り、もしかしたら王宮にあったかもしれませんね」

そう、まさに彼女のイメージした通りの品なのだ。

「……それでは、これはもしかして、すごく良い品なんですか？」

「ええ。良い品ですよ」

「これは、売りものなんですよね？　おいくらで販売しているんですか？」

値段はどこについているのだろう、と彼女は首を伸ばして訊ねる。

「五十万です」

値段を聞いて、彼女は驚いたように振り返った。

「五十万って、これは剥き出しですけど、大丈夫なんですか？」

「大丈夫ですよ」

と、僕が答えると、彼女は納得いかない、という顔を見せる。

「ああ、こちらも高価な品だと思っておりますよ。ですが売り物をすべてケースに入れておくわけにはいきませんので。ちなみに志野の茶碗は展示をしているだけで、売り物ではないんですよ」

「っ！」

考えていることを悟られた、という様子で彼女はぎょっと目を剥いた。

――駄目だ。

また、やってしもた。いつもは気を付けるようにしているのに、彼女に対しては遠慮なく、思ったことを口にしてしまう。

「ところで、その中華王宮ファンタジーとは、どういう話なんですか？」

話題を本の内容に移すと、彼女は明るい表情を見せた。

本の話を振って、すぐに嬉しそうにする人は読書家に多い。

彼女も本を読むことが好きなようだ。

「絢爛豪華な大奥の世界の話なんです」

「ドロドロしているんですか？」

「それが、そうでもないんですよ。主人公がスパイの男の子なので」

中華王宮で、皇帝ではない男となると――。

「主人公が、宦官ということですか？」

だとしたら、なかなか斬新な主人公だ。

どんなにカッコよくても、どんなに活躍しても、申し訳ないけれど、その主人公になりたいとは思えない。

「違うんです。主人公は聡明な美少年で、側室になった大好きな姉の身を案じて、男子禁制の王宮に女装して潜入するんです。そこで起こった不可解な事件を解決していくという話でして」

その設定に、なるほど、と頷いた。女装して後宮に忍び込む、聡明な美少年と聞いて、思わず利休の姿が過る。

「面白そうですね。でも、それでは中華王宮ファンタジーではなく、ミステリーなのでは？」

「あ、そうかもです」

僕は自分の目尻に指先を当てて、彼女を見下ろした。

「葵さん、目が少し赤いですが、もしかして、昨夜は夜遅くまでその本を読んでいたのですか？」

「あ、はい。明日がバイト初日かと思うと緊張して、なかなか眠れなかったので、ついつい本を……」

早くにベッドに入ったんですが寝付けなくて、と肩をすくめる。

やはり、緊張していたようだ。

「葵さんは、本当に真面目な方なんですね」

微笑ましさを感じながらそう言うも、彼女は弱ったように目を伏せる。

しばし黙り込み、ややあってそっと口を開いた。

「あの……」

はい、と頷くと、彼女は意を決したように顔を上げて、しっかりと視線を合わせてきた。

「私は、真面目なんかじゃないです。悪い人間です。家族の宝を勝手に持ち出してここに来ました。そんな私ですが、ここにあるお店の品を持ち出すようなことは、絶対にしませんので……だから、その心配されるかもしれないんですが……」

そう言いながら、みるみる彼女の目と鼻先が赤くなっていく。

今にも泣き出しそうになりながら、それでも懸命に訴える姿に、言葉が詰まった。

彼女はあれから、自分のしたことに胸を痛めてきたようだ。

「……分かっていますよ」

優しく言うと、彼女は戸惑ったように瞳を揺らした。

「『仕方がない』と、あの時、あなたは仰ったでしょう？」

えっ、と洩れ出た彼女の声は、掠れていた。

「彼に別れを告げられた時の気持ちを、あなたは『仕方がない』と言っていた」

——私……その時は仕方ないなって思ったんです。彼は埼玉でなかなか会えないし、気持ちが離れても仕方ないなって……。すごくつらくて、悲しかったけど……。

自分の言葉を思い返したのか、彼女は無言で頷く。

「あなたは、いつもそうして我慢をしてきたのでしょう。何かが起こっても『仕方がない』『自分さえ我慢すればいい』と。京都に引っ越すことが決まった時も、本当は、彼や友人たちと離れたくなかったはずです。ですが、あなたは文句の一つも言わず、『仕方がない』と自分に言い聞かせて、受け入れたんですね？」

ごくり、と彼女の喉が鳴った。

「葵さんは、おそらく長女――長子なのではないでしょうか？」

突然そう言われて、彼女は驚いたような目を見せる。

当たっていたようだ。

「どうして？」

分かるんですか？　と消え入りそうな声で訊ねる。

「あなたの『仕方がない』の根本は、育った環境にあるのではないかと思いまして。幼い頃から、『お姉ちゃんだから、我慢しなさい』と言われることも多かった。真面目なあなたは、疑問にも思わず、それに従ってきた。あなたのように我慢を重ねられた方こそ、その限界を超えた時、驚くようなことをしてしまうものです」

「…………」

「京都は余所者にはなかなか厳しい土地のようですし、引っ越したもののあなたはしっかり馴染むことができなかった。そんなあなたにとって埼玉に住む彼や親友と連絡をとることは、何よりもの救いであり、癒しだったのではないでしょうか？」

つらかった恋は、要因のひとつにすぎない。

さまざまなことが積もり積もっていたのだろう。

我慢を重ね続け、あの日、彼女の限界は頂点に達したのだ。長い人生、どんな真面目な人間も間違いを犯すことがある。

「失恋は、誰しもにとってつらいものですが、身の置き場がなかったあなたにとっては、さらにつらい状況だったでしょう。けれど、また『仕方がない』と受け入れようとした。そんな時に、友達から嫌な話を聞いてしまう。それは、『彼があなたと別れたあと、すぐに親友と付き合い始めた』という信じがたいニュースだった。彼と親友の存在が救いだったあなたにとって、こんなショックなことはない。だけど誰にも相談できなかった。親しい友達は側にいない、親にも泣き付けない。離れ離れになったことで、恋人と別れて親友も失ったことを伝えてしまって、親を責めることにもなってしまうわけですから。何よりあなたは、人の噂よりも自分の目で見たものを信じたい、しっかりと真実を確かめたい人間だった。『これは何かの間違いかもしれない。人の噂なんて信じられない』と、どうしようもなくなったあなたは――」

「やめてっ！」

彼女の上げた悲痛な声に、僕は我に返った。

彼女は、耳を塞いで、ギュッと目を瞑っている。

それは、これ以上なく分かりやすい拒絶反応――。

また、やってしまったようだ。

「もう、やめてください……」

静まり返った店内に、彼女の震えた声が響く。

「失礼しました、つい……。こんなこと、他の人にはしないのですが」

なんでやろ、と僕は息をつき、彼女を見た。

「葵さん」

申し訳なさを感じながらも、僕を見上げる瞳は涙に潤んでいて、まるで子犬のように愛らしく、思わず頬が緩んでしまいそうになる。

まるで道端に捨てられた子犬のようやな。

段ボールの中で、ひゅーん、と鳴く子犬の姿が頭を過る。

思わず頬が緩んでしまいそうになり、それを堪えてまっすぐに彼女を見つめた。

「……ですから、僕は分かってますよ。あの時、あなたの心がどれだけ切羽詰まった状態だったのか、そして今どれだけ自分のしたことを反省しているのか。そんなあなただから、僕は声を掛けさせていただいたんです。あなたを疑う気持ちは微塵もありません」

そう言うと、彼女の瞳はさらに潤んでいく。

思わず頭を撫でそうになって、あかん、セクハラて怒られるやつや、と我に返り、何事もなかったように微笑む。

彼女は目に浮かんだ涙を拭って、頭を下げた。

「……ありがとうございます、ホームズさん」

「『ホームズさん』？」

彼女が僕を『ホームズさん』と呼んだことに驚いた。

なぜ、そのあだ名を知っているのだろうか？　と疑問に感じたが、上田さんか、と瞬時に思い出した。

「あっ、すみません。あの時そう呼ばれていたので、実はずっと心の中で『ホームズさん』って呼んでしまっていたんです。やっぱり『家頭さん』が普通ですよね？」

僕は『家頭さん』と呼ばれることを想像した。

僕も祖父も父も、全員が一斉に振り返るに違いない。

「たしかに『家頭さん』が普通ですね。……とはいえ、うちは皆、『家頭』ですからね」

「そうなんです。皆さん、『家頭さん』なので……」

「……僕の周りには上田さんをはじめ、僕を『ホームズ』と呼ぶ人が多いんですよ。ですので、どうぞお好きなようにお呼びください」

シャーロック・ホームズに出会い魅了された小学生の頃に、『ホームズ』というあだ名が定着した。今となっては気恥ずかしいようなあだ名だが、その頃の僕にとって、『ホームズ』と呼ばれるのは、むしろ嬉しかったように思える。

　そして今は、嬉しいも恥ずかしいも感じないほどに、すっかり慣れて定着してしまっていた。

「上田さん以外からも『ホームズ』って呼ばれているんですか？」

「彼がキッカケではあるんですが、割とたくさんの人に面白がって呼ばれています」

「それは、やっぱり、シャーロック・ホームズみたいになんでも分かるからですよね？」

　だが、そう思われるのは、本家に申し訳ない。

　僕は、飽くまで鑑定士見習いだからだ。

「いえ、苗字が家頭だからですよ」

　僕は、釘をさすように口の前に人差し指を立てる。

「っ！」

　すると、彼女は頬を赤らめながら、頭を下げた。

「あらためて、これからどうぞよろしくお願いいたします、葵さん」

「こちらこそ、よろしくお願いいたします、ホームズさん」

　互いに呼び合って、僕たちは顔を見合わせて、ふふっと笑う。

「それでは、店内の案内をしますので、来てください」

歩き出した僕に、彼女は「はい」と笑顔でその後に続いた。

それは、葵さんの骨董品店『蔵』バイト初日。

彼女との出会いが、僕の人生を大きく変えることになるのだが、この時の僕はまだ気づいていなかった。

秋人　へー、こんな感じだったんだなぁ。
葵　私の第一印象、「挙動不審な女子高生」だったんですね……。
利休　言ってたでしょう、見たままの情報を的確に処理するって。
葵　ほんとですね。
清貴　あらためて懐かしい話ですね。
葵　次は、番外編ですね。
秋人　全部俺が登場するエピソードだな、よしよし。
清貴　これまでのお話は小説三巻あたりまでのエピソードだったんですが、番外編だけは少し先のお話です。
葵　十巻でホームズさんは大丸京都店へ修業に行くんですが、その後のお話ですね。
利休　その辺り読んでなくても、大丈夫なんだよね？
清貴　ええ、問題ありません。
葵　では、番外編。
一同　どうぞよろしくお願いいたします。

番外編　新選組に想いを馳せる午後
―清貴が大丸京都店へ修業に行っている時のお話―

大学院を修了したホームズさんは『蔵』を継ぐ前に、外の世界を見てくるようにと祖父であるオーナーに言いつけられ、松花堂《しょうかどう》庭園・美術館や大丸京都店など、さまざまなところへ修業に行っていた。

お世話になったところとは、修業期間が終わっても親しくし手伝いにも行っている。

今現在も、彼は大丸京都店のあるプロジェクトに携わっているようだ。

「なぁなぁ、聞いてくれよ！」

カラン、と『蔵』のドアベルが少し乱暴に響く。

掛け声とともに『蔵』に飛び込んで来たのは、梶原秋人さんだった。明るい髪色を揺らして、肩で息をしている。

「秋人さん……」

店内の掃除をしていた私が驚いて振り返ると、

「一体何なんですか、騒々しい」

カウンターの中で帳簿を付けていたホームズさんが、呆れたように秋人さんに一瞥をくれた。

「聞いてくれよ、聞いてくれよ」

秋人さんは、ホームズさんの冷たい視線をものともせずに、カウンターに向かってずいずいと歩み寄る。

ホームズさんは少しのけ反り、分かりました、と手をかざした。

「聞きます。落ち着いてください。なんでしょうか？」

「俺、新選組に入れるんだ！」

拳を握り締め、目を輝かせながら言う秋人さんに、

「えっ」

私とホームズさんは、ぱちりと目を瞬かせた。

＊

秋人さんの言う『新選組に入れる』というのは、随分と端折られた言葉だった。

ホームズさんは、興奮している秋人さんを落ち着かせて、話をまとめる。

「つまり、『新選組』の映画が公開されることになり、そのメンバーの一人に抜擢されたというわけですね？」

秋人さんはカウンター前の椅子に座って愉快そうに笑っていた。

「やー、悪いな。現代に新選組が蘇ったかと思った？」

「そんなこと思うわけないでしょう。お仕事の話だと思ってましたよ」

やれやれ、とホームズさんは腰に手を当てる。

ホームズさんの隣に立つ私は、でも、と前のめりになった。

「新選組の映画に出られるなんて、すごいですね！」

まぁな、と秋人さんは胸を張る。

ホームズさんもそれには異論がないようで、そうですね、と頷いている。

ところで、と私は秋人さんを見る。

「新選組の誰を演じるんですか？」

秋人さんはぴたりと動きを止めた。

「実は……」

「はい」

「俺もまだ知らないんだ」

「知らない？」

秋人さんは、いそいそとスマホを取り出す。

「さっきマネージャーから、『オーディションに受かりました。新選組、出られます』って連絡がきたんだよ。で、俺も何役か聞いているところなんだ。返事待ち」

その言葉に私とホームズさんは、思わず顔を見合わせた。

「それでは、映画には出られるけれど、新選組のメンバーではない役だという可能性もあるのではないでしょうか？　お調子者の町人Aとか」

私も頭を掠めたけれど言えなかった言葉を、ホームズさんはさらりと口にした。

いやいやいやいや、と秋人さんは勢いよく手を振る。

「それはない。だって、新選組のメンバーのオーディションを受けたからな」

それなら大丈夫ですね、と私は微笑む。

「だろ。ちなみに葵ちゃんは、俺が何役に選ばれると思う？」

クイズのように無邪気に問われて、私は言葉に詰まった。

「実は、それほど新選組に詳しくないんですよ。近藤勇《こんどういさみ》、土方歳三《ひじかたとしぞう》、沖田総司《おきたそうし》くらいしか出てこなくて……」

そう言うと秋人さんは、だよなぁ、と洩らす。

「俺もオーディション受ける前はそんな感じだった。オーディションの話が来てから、慌てて勉強したっつーか」

「それじゃあ、詳しいんですね？」

教えてもらいたい、という期待を込めて前のめりになると、秋人さんは弱ったように頭を掻く。

「いや、ホームズを前に『詳しい』とか言えねーな。ホームズ、新選組について教えてくれよ」

「……僕を音声アシスタントのように使わないでいただけますか？」

ホームズさんは少し肩を落としたけれど、仕方ない、という様子で口を開く。

「……簡単に言うと、新選組は江戸時代末期――まぁ、幕末ですね、京都で反幕府軍を取り締まる警察活動をしていたんです。その後、戊辰《ぼしん》戦争では旧幕府軍の一員となり戦いました」

「ぼしんせんそう？」

秋人さんが、首を傾げている。

「……勉強されたのではなかったんですか？」

「いや、俺は、メンバーについてしか調べてなくて」

「こちらも簡単に言うと『戊辰戦争』とは、大政奉還後の徳川慶喜《とくがわよしのぶ》への処遇に不満を持った旧幕府軍と、新たな時代を開こうとする新政府軍の内戦ですよ。結果は、旧幕府軍が総崩れになって降伏。新政府軍の勝利となりました」

「そうして今の時代があるってわけだ。新政府軍が正しかったのかな？」

「革命はどちらが正しいというわけではなく、正義と正義がぶつかり合って起こることです。世知辛い話ですが、結果的に勝った方が正義のようになってしまうんですよね」

そっか、と秋人さんはしんみりした。

「ですが、新選組が今も大衆に愛されるのは、彼らのひたむきな想いが本物だったからでしょう」

うん、と頷く秋人さん。

「そんな新選組ですが、初代局長は、芹沢鴨《せりざわかも》です。熱い心を持っていますが、短気で乱暴でもあり、そうした性格が災いして暗殺されてしまいます」

ああ、と私と秋人さんは、苦笑する。

「二代目が近藤勇。実に豪胆で男らしい人物だったそうです。また、拳を口にまるごと入れられるという奇妙な特技を持っていたことで知られていますね」

ホームズさんがそう言うと、秋人さんは自分の拳を口の中に入れようとし、あがが、と呻いた。

「あ、秋人さん、何をしているんですか?」

私がぎょっとすると、

「もし、近藤勇役になったら、拳を入れられなきゃダメかと思ってよ」

秋人さんは拳に目を落としながら真顔でつぶやいた。

私とホームズさんは思わず噴き出しそうになり、肩を震わせた。

「……秋人さん、近藤勇は、あなたのイメージからはかけ離れているので、その役はこないと思いますよ」

「俺もそう思うんだけど、意外性を狙ったりもするじゃん。新解釈つーの?」

「若者をターゲットにしたエンターテインメントならそういうこともありそうですが、時代映画では、そんな斬新な配役はしないかと思います」

「いやいや、今は時代ものもエンタメだっつーの」

「まぁ、それはそうかもしれませんね。失礼しました」

ふふっと笑うホームズさんに、秋人さんは気を良くした様子だ。

「ま、そうは言っても、近藤勇はねぇだろうな。俺としては土方歳三が一番好きなんだけど、それもなさそうなんだよなぁ」

「土方歳三って、副長ですよね？」

私が確認すると、ホームズさんが、ええ、とうなずく。

「そうです。土方歳三は、近藤勇の片腕であり、厳しい規律を実施し、鬼の副長とも呼ばれていました」

それは私も知っていて、うんうん、と相槌をうつ。

「また、同じく副長という説もある幹部の新見錦《にいみにしき》という人物もいます。水戸藩出身という話ですが、彼については詳しいことが分かっていないそうです」

私と秋人さんは、へぇ、と洩らした。

「一番隊組長が沖田総司です。新選組随一の剣の使い手と名高い人物でした」

おっ、と秋人さんが前のめりになった。

「もしかしたら、沖田総司かもしれねーなと思ってるんだ。そうあってほしいって、気持ちもあるんだけどよ」

そうですね、とホームズさんは顎に手を当てた。

「現代において、沖田総司の容姿は端麗であってほしいという女性ファンも多いですし、あなたはそうした期待に応えられるかもしれません」

「それは、俺がホームズも認める美男子ってことだな」

秋人さんは、目を光らせて前髪をかき上げる。

ホームズさんは、賛同も反論もせずに話を続けた。

「ちなみに僕も今、大丸京都店と新選組に関わる仕事の手伝いをしているんですよ」

えっ、と私と秋人さんは目を瞬かせた。

「初耳です」

驚く私にホームズさんは、すみません、と微笑む。

「お伝えしようと思っていたところで」

「大丸で新選組のイベント開くのか？」と秋人さんが問う。

いいえ、とホームズさんは首を振った。

「イベントもそのうちに開くかもしれませんが……新選組というと、どんなスタイルが頭に浮かびますか？」

そう問われて、私と秋人さんは揃って思い浮かべるように天井を仰ぐ。

「あの羽織ですね」

「そうそう、あの水色の羽織。それとポニーテールだな」

ポニーテールですか、とホームズさんは苦笑する。

「そうです、羽織です。水色で間違いないですが、浅葱色《あさぎいろ》と僕たちは言っています。かつて、あの浅葱色の羽織をあつらえたのは、大丸の京都店だったと言われているんですよ」

ええっ、と私と秋人さんは、目を丸くした。

「大丸さんが、新選組の羽織を？」

「すげー、さすが、大丸に歴史アリだな」

「まぁ、諸説あるので、断言はできないんですがね。これも噂話の域ですが、大丸はその羽織の代金、二百両を新選組から、まだいただいてないとも言われているんです」

肩をすくめたホームズさんに、私と秋人さんは思わず笑った。

「代金未納だったんですね」

「踏み倒しかよ。ちなみに、二百両って今のお金にするといくらくらいだ？」

「現代の金額に置き換えるのは少し難しいのですが……、当時は一両あれば家族四人でひと月暮らせたという話なので、数千万といったところでしょうか」

うわぁ、と私と秋人さんは顔をしかめる。

「その当時の羽織は現存していないのですが、大丸京都店が壬生寺《みぶでら》さんや京都の老舗と力を合わせまして、羽織を制作するという取り組みをしておりまして」

「羽織を再現ということですね」

はい、とホームズさんは微笑む。

「大丸京都店の『古都ごとく京都プロジェクト』、略してＫＫＰのメンバーが奮闘しておりまして、僕も微力ですが協力を……」

「皆さんはお元気ですか？」

「ええ、とても。この新選組のプロジェクトの成功に向けてがんばってますよ」

微笑む私の隣で、秋人さんが「でもよぉ」と頭の後ろで手を組んだ。

「この羽織を再現することが、百貨店にとってなんかの利益になるのか？」

「目先の利益ではなく、この京の町とともにある百貨店として百年後、二百年後先の未来に遺せる価値のあるものを作りたい、というプロジェクトなんですよ」

「な、なんか、高尚だな」

「そうですね、僕も素敵なプロジェクトだと思いました。ですので、できるだけ忠実に再現したいと京都新選組同好会さんのご協力も仰ぎ、様々な文献を調べて時代考証をしました。結果、当時の新選組の羽織は、国産の麻に天然の草木染めだったのでは、という結論に至りまして、本来は、背中に隊士それぞれの家紋が入っていたはずなんですが、多くの方のイメージも大切に壬生寺ご住職の揮毫《きごう》の『誠』の字を入れて制作したんです。また、制作には、謹製《きんせい》を千總《ちそう》さん、染色《せんしょく》を染司《そめのつかさ》よしおかさん、仕立ては有樹和裁《ゆうきわさい》さんのご協力も仰ぎ、『新選組だんだら羽織』ができたんです」

へぇぇ、と私たちは感心しながら、相槌をうった。

「壬生寺、ご住職の記号も『誠』なのか？」

「――いえ、記号ではなく、揮毫です」

と、ホームズさんはメモ紙に『揮毫』と書く。

「揮毫とは、毛筆で書くことを言います。壬生寺のご住職に『誠』の一文字をしたためていただいた、ということです」

「おお、すげえじゃん。いいな、その羽織でドラマに出てぇな」

「それが、二枚しか作っていないんですよ。一枚は今度、壬生寺に奉納、もう一枚は大丸京都店が保管するんですよ」

なんだぁ、と秋人さんは、残念そうに口を尖らせる。

その時、秋人さんのスマホがピコンと鳴った。

「おっ、事務所からだ」

秋人さんは、目を輝かせてスマホの画面をスクロールさせる。

『役は、山南敬助《やまなみけいすけ》でした！　がんばってくださいね！』

ん？　と秋人さんは眉根を寄せる。

「山南敬助？」

「……秋人さん、本当に勉強したんですか？」

「いや、俺は実は、沖田総司に違いないと思って、沖田総司のことばかり調べていたんだよ。幼名は宗次郎《そうじろう》だとか、九歳で道場に入門したとか、凄腕だけど陽気な一面もあったとか」

早口で言う秋人さんに、ホームズさんは、やれやれ、と息をつく。

「山南敬助は、総長にまでなった、文武両道の人物として知られています」

おおっ、と秋人さんは目を輝かせた。

「ですが、近藤や土方と折り合いが悪く、後に新選組から脱走するんです。挙句の果てに連れ戻されて、結局切腹を……」

ああー、と秋人さんは頭を抱えた。

「なんだよ、そんな腰抜けの裏切り者役かよ」

そうでしょうか、とホームズさんは腕を組む。

「新選組からの脱走は切腹を命じられる大きな罪です。組織の中で出世しながらも、山南は組織に疑問を抱きました。そのまま惰性でそこに居続けることもできたでしょう。ですが、彼は殺されるかもしれないことを分かっていて、そこを出ようと決意したんです。並大抵のことではないと思います」

強い口調でそう話すホームズさんに、秋人さんは、ごくり、と喉を鳴らした。

「そうだよな。本当に腰抜けなら上に取り入ってやりすごすよな。山南敬助はそれをしなかった。すげぇ、悩んで葛藤しながらも、自分の中の正義に殉じたんだ」

「そうですね。それもまた、ひとつの戦いですし、新選組の側面でしょう」

うん、と秋人さんは強く頷く。

「俺、誰にも『腰抜けの裏切り者』なんて思わせない、思わず共感してもらえるような山南敬助を目指すよ」

そう言って熱っぽい眼差しを見せた秋人さんは、すでに隊士のように凛々しい。

「今から映画を楽しみにしていますね」

思わず声が揃い、私とホームズさんは顔を見合わせて、微笑み合う。

それは、新選組に想いを馳せた午後だった。

清貴　これで、『京都寺町三条のホームズ0巻』はおしまいです。
葵　春の見どころ、夏のオススメ、と季節別にまとめられているので、分かりやすくて良いですね。
利休　うん、それに、美術館や博物館が載っているのもいいよね。
清貴　文庫サイズなので持ち運びもしやすいですし、ぜひ作品の舞台巡りのおともに。
秋人　でも、これ、0巻って内容じゃないよな?
葵　たしかにそうですよね。
清貴　短編の内容から考えると、一・五巻といったところでしょうか。ですが、それも中途半端ですし、今回は分かりやすくということですよ。
秋人　なるほどなぁ。
清貴　それはさておきまして、ご挨拶ですね。葵さん、よろしくお願いします。
葵　あ、はい。あらためて、0巻ご愛読ありがとうございました。
清貴　ありがとうございました。本編もどうぞよろしくお願いいたします。
秋人　俺の出番が増えるよう、願っててくれよな。
利休　切実だね、秋人さん。
——ありがとうございました。

掲載内容は2022年2月時点の情報です。
料金や営業時間、定休日などを変更される場合や、季節の臨時休業などがある場合もございますので、利用の際は事前に各施設のHPなどでご確認ください。

編集協力：らくたび

双葉文庫

も-17-25

京都寺町三条《きょうとてらまちさんじょう》のホームズ⓿

旅《たび》のはじまり

2022年3月13日　第1刷発行
2022年3月31日　第2刷発行

【著者】
望月麻衣《もちづきまい》

【発行者】
島野浩二
【発行所】
株式会社双葉社
〒162-8540 東京都新宿区東五軒町3番28号
［電話］03-5261-4818(営業部)　03-5261-4851(編集部)
www.futabasha.co.jp(双葉社の書籍・コミックが買えます)
【印刷所】
中央精版印刷株式会社
【製本所】
中央精版印刷株式会社

【フォーマット・デザイン】
日下潤一

ISBN978-4-575-52555-7 C0193
Printed in Japan